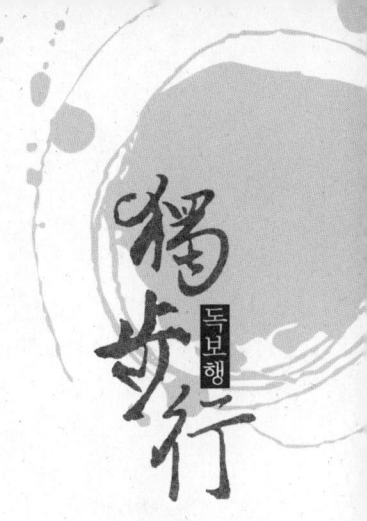

獨步行
독보행

임영기 新무협 판타지 소설

FANTASTIC ORIENTAL HEROES

독보행 2

임영기 新무협 판타지 소설

초판 1쇄 찍은 날 § 2013년 1월 24일
초판 1쇄 펴낸 날 § 2013년 1월 31일

지은이 § 임영기
펴낸이 § 서경석

편집부장 § 권태완
편집책임 § 박우진
디자인 § 신현아

펴낸곳 § 도서출판 청어람
등록번호 § 제1081-1-89호
등록일자 § 1999. 5. 31
어람번호 § 제2-2302호

주소 § 경기도 부천시 원미구 심곡2동 163-2 서경B/D 3F (우) 420-822
전화 § 032-656-4452팩스 § 032-656-4453
http://www.chungeoram.com
E-mail § chungeorambook@daum.net

ⓒ 임영기, 2013

ISBN 978-89-251-3155-9 04810
ISBN 978-89-251-3153-5 (세트)

※ 파본은 구입하신 서점에서 교환하여 드립니다.
※ 저자와 협의하여 인지를 붙이지 않습니다.
※ 이 책은 도서출판 청어람과 저작자의 계약에 의해 출판된 것이므로,
　무단 전재 및 유포·공유를 금합니다.

2

쟁천십이류(爭天十二流)

獨步行
독보행

임영기 新무협 판타지 소설
FANTASTIC ORIENTAL HEROES

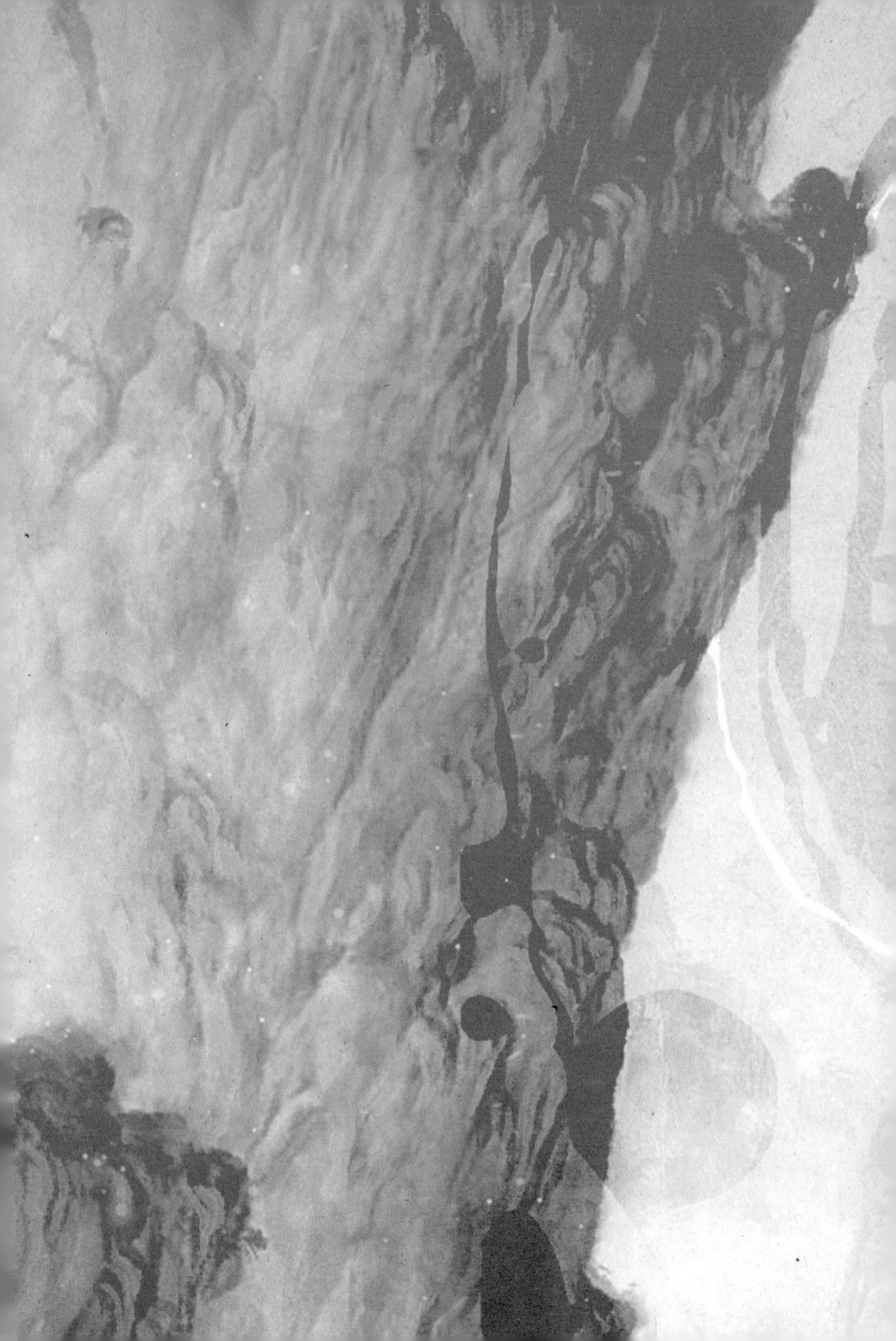

目次

제12장	낙양의 단목검객	7
제13장	월하대결(月下對決)	31
제14장	고고한 친구	65
제15장	무뢰한(無賴漢)	91
제16장	살수(殺手)	125
제17장	마학사(魔學師)	151
제18장	군주(君主)가 되다	187
제19장	옥봉검신(玉鳳劍神)	213
제20장	요물(妖物)	255
제21장	신위 같은 명협	287

第十二章
낙양의 단목검객

대무영은 북설에게 이끌려서 낙양 북문 안희문(安喜門) 근처에 있는 화무관(華武館)이라는 곳으로 들어섰다.
그런데 전문이 아니라 화무관 옆문을 통해서 들어갔다.
대무영은 자신의 명협증패를 원하는 강호인하고 싸우려고 온 것이다.
그러므로 이곳에 오늘 싸울 강호인이 기다리고 있을 것이라고 생각했다.
그는 한적한 강변이나 야산 같은 곳에서 싸울 것이라고 예상했었지 낙양 성내 한복판의 무도관일 줄은 전혀 예상하지 못했었다.

북설은 이곳을 잘 아는 듯 익숙하게 그를 전각들 사이로 안내했다.

대무영은 그녀를 따라가고 있는 동안 몇 개의 전각 너머에서 많은 사람이 웅성거리는 소리가 들리고 있는 것을 조금 이상하게 생각했다.

그 소리가 점점 가까워지자 북설은 비로소 걸음을 멈추고 돌아섰다.

"조장은 그냥 싸워서 이기기만 하면 되는 거야. 알았지?"

"저 소리는 뭐냐?"

"사람들이 조장 싸우는 광경을 구경하려고 모인 거야. 신경 쓸 거 없어."

"그래?"

대무영은 가볍게 고개를 끄떡였다. 그는 자신이 싸우는 것을 구경하려고 사람들이 많이 모이든 한 명도 없든 전혀 개의치 않았다.

사실 그는 마음속으로 한 가지 계획을 세워두었다. 지난번에 무림청 낙양본청에 갔을 때 근처 쟁천당이라는 가게에서 구리돈 닷 냥을 주고 구입한 것이 있다.

그것은 한 장의 전신이며 거기에는 쟁천십이류 중에서 명협 바로 위의 등급인 '공부'에 해당하는 한 사람의 초상화와 신상명세가 자세히 적혀 있다.

 그 사람은 낙양에서 동쪽으로 사십여 리 떨어진 언사현(偃師縣)이라는 곳에 사는 복마도(伏魔刀) 삼중연(森仲淵)이라고 한다.

 대무영은 복마도 삼중연을 꺾어서 공부가 되고 싶었다. 그는 쟁천십이류의 천무가 되기로 목표를 정했으므로 한 단계씩 차근차근 올라갈 계획이다.

 하지만 지금은 이사한 지 얼마 안 됐기 때문에 주루나 집안이 어수선한 상황에 그가 집을 비우는 것은 좋지 않을 것 같아서 안정을 찾을 때까지 기다리고 있는 중이다.

 그가 복마도 삼중연을 찾아가서 싸우려는 것은 아직 아무에게도 말하지 않았다.

 비밀이라기보다는 말할 기회가 없었으며 또한 구태여 말할 필요를 느끼지 못했다.

 화무관의 넓은 연무장에는 삼백여 명 이상의 많은 사람이 모여 있었다.

 그들은 연무장에 둥글게 겹겹이 큰 원을 형성한 채 복판의 원을 향해서 앉거나 서 있으며 한가운데에 널찍한 공간을 남겨두었다.

 대무영과 북설이 전각의 모퉁이를 돌아서 그곳으로 걸어

가자 모여 있던 사람들이 일제히 대무영을 발견하고 함성을 터뜨렸다.
"와아! 쌍명협 단목검객 대무영이다!"
"드디어 단목검객이 왔다!"
"와아아! 대결이 곧 시작된다!"
대무영은 구경꾼이 이렇게 많이 모여 있을 줄은 예상하지 못했기에 어리둥절해졌다.
"조장. 이쪽으로 와."
그러나 북설은 아무렇지 않은 듯 대무영을 원 안쪽으로 이끌었다.
사람들이 길을 터주면서 함성을 계속 질러댔고 대무영을 구경하느라 잠시 북새통을 이루었다.
대무영과 북설은 원 한가운데 나란히 섰다. 북설이 구경꾼들을 향해서 다소 거만한 동작으로 손을 들어 조용하라는 손짓을 하자 잠시 후에 잠잠해졌다.
북설은 동쪽 방향 원 안쪽에 일렬로 나란히 서 있는 다섯 명을 턱으로 가리켰다.
"조장이 오늘 싸울 상대가 저 다섯 명이야."
경장 차림에 도검을 메고 있는 다섯 명은 팽팽하게 긴장한 표정으로 대무영을 주시하고 있었다.
대무영은 다섯 명을 쳐다보고는 그들 모두가 그다지 강하지 않다는 것을 눈대중으로 간파했다.

"잘 싸워."

북설은 대무영을 마주 보고 주먹으로 그의 가슴을 툭 치고는 원 밖으로 걸어 나갔다.

다섯 명 중에서 오른쪽 검을 멘 사내가 대무영을 향해 천천히 걸어왔다.

대무영은 우뚝 서서 그들 다섯 명을 손짓으로 불렀다.

"당신들 모두 한꺼번에 덤비시오."

그의 말에 장내가 뒤집어질 듯이 시끄러워졌다. 다섯 명의 도전자는 쌍명협에게 도전할 정도면 대단한 실력자일 텐데 모두 한꺼번에 덤비라니 도전자들이나 구경꾼들이나 하나같이 아연실색했다.

우뚝 서 있는 대무영의 표정을 보니까 객기 같지는 않았다. 오히려 지나치게 태연자약해서 도전자들을 안중에 두지 않는 것 같았다.

원 안쪽 도전자들 옆에 조금 떨어져서 서 있던 북설은 어이없는 표정으로 대무영을 쳐다보았다.

사실 그녀는 지금 돈벌이를 하고 있는 중이다. 그녀가 대무영에게 싸움 관리를 도맡겠다고 나섰던 이유가 바로 이것 때문이었다.

그녀는 낙양 성내 곳곳에 언제 어디에서 쌍명협 단목검객 대무영이 도전자들과 대결을 벌인다는 내용이 적힌 방을 붙여놓았다.

대결을 구경하는 데 은자 한 냥이고 도전하는 데 은자 삼십 냥을 받는다는 내용도 적혔다.

이곳 화무관은 은자 오십 냥을 주고 연무장을 대여했다. 그녀가 낙양에 도착하자마자 집에 붙어 있지 않고 바빠 돌아다녔던 이유는 대무영과 도전자가 싸울 장소를 물색하고 다녔기 때문이었다.

도전자 다섯 명에 구경꾼이 삼백여 명이 넘으니까 넉넉잡아도 은자 사백오십 냥이다.

화무관에 준 오십 냥을 제하고도 사백 냥을 그냥 가만히 앉아서 번 것이다.

그런 사실은 꿈에도 모르는 대무영은 빨리 대결을 끝내고 싶은 생각뿐이다.

그는 제대로 된 상대하고 멋진 대결을 펼치고 싶지 이런 오합지졸하고는 싸울 마음이 별로 없었다.

도전자 중에 한 명이 대무영을 주시하며 물었다.

"만약 귀하가 패하면 명협증패는 두 개뿐이고 우린 다섯 명인데 어떻게 하면 되오?"

"그때는 당신들끼리 서로 싸워서 이기는 두 사람이 가지면 되지 않겠소?"

다섯 명은 당연히 자신들이 이길 것이라고 생각했다. 패할 이유가 없다.

그래서 그들은 대무영의 말에 따르는 것이 자신들에게 훨씬 유리하다고 판단했다.

쌍명협을 상대해서 일대일로 싸우는 것은 별로 승산이 없다. 하지만 다섯 명이 합공해서 쌍명협을 물리친 다음에 고만고만한 자기들끼리 싸워서 명협중패를 다투는 편이 훨씬 수월할 것이라고 낙관했다.

대무영은 적수분타하고의 싸움에서 다수의 적들과 싸워본 적이 있다. 그래서 이 싸움도 그것과 별반 차이가 없을 것이라는 생각이다.

적수분타에서의 상대는 무사들이고 이들은 강호인이지만, 대무영이 보기에는 둘 다 비슷했다. 호랑이에게는 여우나 늑대나 거기에서 거기인 것이다.

다섯 명은 대무영을 에워싼 상태에서 도검을 뽑아 움켜쥐고 천천히 한쪽 방향으로 회전을 하며 최초의 공격할 기회를 노렸다.

그러나 그들은 누구든지 처음 공격하는 사람이 불리하다고 생각해서 쉽사리 공격하지 않았다.

대무영은 완만한 동작으로 어깨에서 목검을 뽑았다. 원래 그는 목검 하나를 어깨에 달랑 메고 다녔었는데, 청향의 바로 밑의 동생 청미가 목검을 꽂는 검실(劍室)을 정성껏 만들어주었다.

두툼한 옷감을 여러 겹 덧대서 알록달록한 색으로 만들었으며 끈이 있어서 가슴에 묶으면 덜렁거리지도 않았다.

대무영은 잠시 동안 기다려도 다섯 명이 공격은 하지 않고 서로 눈치를 보면서 빙빙 돌기만 하자 먼저 공격하기로 마음먹었다.

그는 뭐든지 결정을 하는 즉시 행동에 옮긴다. 누굴 먼저 공격할 것인지 정하지도 않고 앞쪽 일 장 거리를 지나치고 있는 자를 향해 화살처럼 쏘아갔다.

팩!

표적이 된 사내는 대무영이 너무도 빠르게 자신을 향해 쏘아오면서 목검을 그어오자 공격할 자세를 취하고 있으면서도 움찔 뒤로 물러섰다.

대무영은 이들에게 구태여 매화검법이나 유운검법을 전개할 필요를 느끼지 못했다. 지금까지 싸우면서 그는 매화검법과 유운검법, 백보신권을 전개했었으나 제대로 반격하는 상대를 만나보지 못했었다.

그래서 그는 이 싸움에서는 그저 단순한 동작만으로 첫 번째 사내의 옆구리를 가격했다.

사내는 대무영이 찰나지간에 코앞까지 쇄도하자 놀란 나

머지 피하려는 것도 아니고 반격을 하는 것도 아닌 애매한 동작을 취하다가 옆구리에 목검을 얻어맞았다.

딱!

"큭!"

사내가 답답한 신음을 토해내면서 허리를 접으며 비틀거리고 있을 때 대무영은 미끄러지듯이 그 옆의 다른 사내에게 목검을 그어가고 있었다.

따딱!

"큭!"

"욱!"

목검은 피하려다가 서로 겹쳐 있는 두 번째와 세 번째 사내의 복부를 찌르고 허벅지를 짧게 때렸다.

다섯 사내는 합공을 받고 있는 대무영이 설마 선공을 할 줄은 전혀 예상하지 못했었다.

그래서 대무영이 첫 번째 사내를 기습적으로 공격하자 회전하고 있던 네 사내의 움직임이 멈췄으며 진형과 자세가 한꺼번에 흐트러진 것이다.

대무영은 얼마 전하고는 달리 상대의 급소를 피했다. 오룡방 시절 적수분타에서의 싸움에서 적들 거의 대부분을 무기를 잡은 쪽 어깨를 가격해서 팔 병신을 만들었다.

또한 화음현에서 낙양으로 오는 길에 만난 강호인들도, 그리고 낙양 성내에서 명협증패를 노리고 덤벼드는 자들도 심할 경우 상대를 죽이기도 했었는데 그것이 너무 가혹했다고 나중에 반성을 했었다.

그래서 상대가 악당이 아니면 될 수 있는 한 죽이거나 병신을 만들지 말아야겠다고 생각했다.

그가 예상했던 대로 이들 다섯 도전자는 대단한 실력을 지니고 있지 않았다.

명협이었던 형산일도풍 나운택이나 백련산수 형이돈보다 못한 실력이었다.

하기야 그러니까 명협이 되고 싶어서 은자 삼십 냥씩이나 내고 도전하는 것이 아니겠는가.

대무영은 눈 한 번 깜빡할 사이에 세 명을 쓰러뜨리고 네 번째 사내에게 저돌적으로 달려들었다.

마침 네 번째 사내는 대무영이 세 명을 해치우고 있을 때가 기회라고 판단하여 수중의 도를 맹렬하게 휘두르면서 공격해 오고 있었다.

쉬익!

네 번째 사내의 도가 정면으로 쇄도해 오는 대무영의 정수리를 노리고 힘차게 세로로 그어 내렸다.

그러나 대무영은 그것을 보면서도 속도를 늦추지 않았다. 도가 자신의 머리에 닿기 전에 먼저 사내를 가격할 수 있다는 판단에서다.

쿡!

"흑!"

네 번째 사내의 도가 대무영의 머리 위 두 뼘 거리에 이르렀을 때 목검이 파고들어 배를 찌르자 그자는 두 다리가 허공에 떠서 뒤로 붕 날아갔다.

대무영은 마지막 다섯 번째 사내를 향해 방향을 틀었다. 순간적으로 그의 두 눈에서 먹이를 발견한 맹수의 사나운 눈빛이 일렁거렸다.

그러나 다섯 번째 사내는 대무영이 순식간에 네 명을 해치우고 자신을 향해 돌아서는 것을 보고는 아예 기가 질려서 싸울 엄두를 내지 못하고 급히 뒤로 물러섰다.

"그만! 져, 졌소!"

그는 대무영이 듣지 못할까 봐 큰 소리로 외치고는 달달 떨리는 손으로 수중의 검을 검실에 꽂았다.

다섯 명이 합공을 해서도 당하지 못하는데 어찌 혼자 남은 그가 이길 수 있겠는가.

그것은 그 나름의 현명한 판단이다. 그래야 한 대라도 덜 맞지 않겠는가.

그는 거금 은자 삼십 냥을 내고 명협이 될지도 모른다는 부푼 꿈을 안고 와서는 싸워보지도 못하고 '졌소!'라는 말을 외치고 말았다.

털썩! 쿵! 쿵!

그제야 대무영에게 당한 네 명이 연이어서 땅에 주저앉거나 쓰러졌다.

그들은 급소가 아닌 옆구리와 복부, 허벅지에 강하지 않게 목검을 찔리거나 맞았을 뿐인데도 일어서지 못했다. 맞은 부위가 떨어져 나가는 것처럼 극심한 고통에 도무지 일어설 힘이 없었다.

네 명이 주저앉거나 쓰러져 있고, 한 명은 뒤로 물러나 있으며, 그 가운데 대무영 혼자 목검을 쥐고 우뚝 서 있는데 장내는 쥐 죽은 듯이 고요했다.

구경꾼들 누가 보더라도 이 대결은 대무영의 완벽한 승리다. 도전자 중에 아무도 대무영과 더 싸울 의사가 없는 것이 분명했다.

구경꾼들은 경악하는 표정으로 대무영을 주시했다. 그들은 다섯 명의 도전자가 누군지 대결 전에 들어서 알고 있다. 그들은 하나같이 낙양에서는 내로라하는 실력자들이다.

그런 그들 중에 네 명을 눈 한 번 깜빡이는 순간에 쓰러뜨리고 겁에 질린 마지막 한 명의 입에서 싸워보지도 않고 졌다는 말이 튀어나오게 만들었다.

구경꾼들 대부분은 강호인들이다. 일반 백성들이라면 은

자 한 냥씩이나 내고 명협증패 쟁탈전 같은 것을 보려고 하지 않는다.

구경꾼들은 그나마 싸움을 보는 안목이 어느 정도 있어서 방금 전에 일어난 광경을 보고는 공통적으로 깨달은 사실이 하나 있다.

단목검객 대무영의 실제 싸우는 광경을 봤을 때 그는 명협 이상의 실력을 지니고 있는 것이 분명했다.

구경꾼들이 익히 알고 있는 명협의 실력은 이 정도로 뛰어나지 않았다.

구경꾼들 중에 더러는 명협 위 등급인 공부가 싸우는 광경을 본 사람들도 있었다.

그런 그들이 보기에 단목검객은 공부보다 더 뛰어난 실력을 지니고 있는 것 같았다.

구경꾼들이 또 하나 공통적으로 느낀 것은 구경 값으로 낸 은자 한 냥이 절대 아깝지 않은 싸움을 봤다는 것이다.

욕심 같아서는 싸움, 아니, 단목검객이 일방적으로 네 명의 도전자를 쓰러뜨리는 광경을 조금만 더 길게 봤으면 좋았으련만, 그랬다면 지금 같은 짜릿한 감흥의 도는 떨어졌을 것이다.

그때 구경꾼 속에서 누군가 큰 소리로 외쳤다.

"쌍명협 단목검객 굉장하다!"

그 외침을 시작으로 여기저기에서 아우성 같은 외침이 와르르 쏟아져 나왔다.

"단목검객은 명협 이상의 실력이다!"

"단목검객! 다음에는 공부하고 싸워보시오!"

"다음 대결은 언제요?"

대무영과 북설은 들어올 때처럼 화무관 옆문을 통해서 밖으로 나와 곧장 낙수 하남포구의 집으로 돌아왔다.

쿵!

이 층 대무영의 방까지 따라온 북설이 탁자에 묵직한 가죽주머니를 내려놓았다.

"조장 몫이야."

대무영이 가죽주머니를 열어보자 안에는 반짝이는 은자가 수북하게 들어 있었다.

그가 쳐다보자 북설은 이제는 말해줄 때가 됐다고 생각하여 화무관에서의 돈벌이에 대해서 설명했다.

북설은 설명을 하는 동안 대무영이 다 듣고 나서 화를 내며 자신을 돈벌이에 이용하는 것을 당장 그만두라고 할지도 모른다는 염려를 했다.

만약 그럴 경우에 어떻게 하면 좋을지 궁리했으나 여러 감언이설로 그를 설득하는 것 외에는 달리 뾰족한 방법이 떠오르지 않았다.

 북설은 설명을 끝내고 조마조마한 심정으로 대무영을 빤히 쳐다보았다.

 그러나 막상 설명을 듣고 난 그는 천진난만한 표정으로 벌쭉 웃었다.

 "하하! 그러니까 내가 그냥 싸운 것이 아니라 돈벌이를 한 거네?"

 "하하하! 그렇지! 암! 그렇고말고!"

 북설은 속으로 안도의 한숨을 쉬면서 대무영보다 더 크게 웃었다.

 그녀가 알고 있던 것보다 대무영은 더 순진무구하고 세상 물정을 모르고 있었다.

 쟁천십이류의 대결을 돈벌이로 이용한 예는 일찍이 아무도 없는 것으로 북설은 알고 있다.

 강호의 수많은 사람 중에서 누군가는 그런 생각을 한 사람이 있었을 것이다.

 그러나 그것은 신성한 무도를 돈벌이로 타락시키는 유치한 행위라서 강호인들의 지탄을 받아 마땅한 일이다.

 설혹 그것이 돈벌이가 된다고 누군가 생각했더라도 쟁천십이류로서의 명예에 먹칠을 하게 될 것이기에 감히 행동으로 옮기지 못했을 것이다.

그렇지만 북설은 자신이 명협이 아니기 때문에 전혀 개의치 않았다.

아니, 설혹 그녀가 명협이었다면 기쁜 마음으로 돈벌이에 이용했을 것이다.

이런 짓을 하면 대무영의 이름에 큰 누가 되겠지만 어쩔 수 없는 일이다.

이런 거 저런 거 다 따지면 언제 돈을 번다는 말인가. 더구나 방금 대무영은 사실을 알고서도 오히려 기뻐하고 있지 않은가 말이다.

그것은 그가 세상물정을 몰라서 순수하기 때문이고 북설은 그것을 이용하는 것이지만 지금은 그냥 모르는 체 덮어두는 것이 좋다.

그녀의 속셈을 알 리가 없는 대무영으로서는 그야말로 금상첨화다.

그는 시도 때도 없이 아무 곳에서나 명협증패를 노리고 싸움을 걸어오는 강호인들이 몹시 귀찮았었다.

그런데 이제는 정해진 시간과 장소에서 한 차례만 싸우면 되는데다 돈까지 버니까 이보다 좋은 일은 없다.

그는 열 살 때까지 뼛속에 사무치도록 가난을 실제 몸으로 경험했었기 때문에 돈이 얼마나 생활에 필요한지 너무나 잘 알고 있다.

탐부순재처럼 돈만 밝히는 것은 싫지만, 나쁜 짓 하지 않고 순리대로 살면서 돈을 버는 것은 나쁘지 않다. 아니, 오히려 돈을 많이 벌었으면 좋겠다.

집에서 나갈 때와 돌아올 때는 극도로 조심을 하기 때문에 이곳이 단목검객의 집이라는 사실은 전혀 알려져 있지 않아서 집에서만큼은 편안하게 제 할 일을 하면서 휴식을 취할 수가 있다.

북설이 일어나면서 대무영에게 준 가죽주머니를 가리켰다.

"은자 이백 냥이야. 나하고 반씩 나눴어."

그녀는 나가려다 말고 생각난 듯 말했다.

"조장. 돈 어떻게 관리하는지 모르지?"

"금고를 사서 넣어둘까?"

"그럴 줄 알았어."

그녀는 잠시 생각하다가 일러주었다.

"전장(錢場)이라는 곳이 있는데 말이야. 그곳이 뭘 하는 곳이냐 하면……."

그녀는 전장이 이자를 받고 돈을 맡기기도 하고, 이자를 주고 빌리기도 하는 곳이라고 자세히 설명을 해주고 나서 덧붙였다.

"돈을 맡기고 나서 전장에서 발행하는 전표(錢票)를 갖고 다니면 편리해."

    *   *   *

 낙양에 온 지 한 달이 후딱 지나갔다.
 지난 이십 일 동안 대무영은 화무관에서 일곱 번이나 도전자들과 싸워서 모두 이겼다.
 날이 갈수록 도전자들은 점점 더 많아져서 마지막 일곱 번째인 오늘은 열두 명하고 싸웠다.
 그는 매번 그날의 도전자들을 합공하도록 시켰으며 전부 다 승리했다.
 오늘 열두 명의 합공 때에도 그다지 어렵지 않게 이겼으며 그 광경을 본 구경꾼들은 경악했으며 또 단목검객이 최고라면서 열광했다.
 명협에 도전하는 강호인들은 명협에 버금가는 실력을 지녔다고 스스로 판단했기 때문에 싸움에 나선 것이다.
 그들 중에는 대무영이 아닌 진짜 명협하고 싸워서 이길 만한 사람도 어쩌면 있었을 것이다. 상대가 대무영이었기에 패배했다고 할 수 있다.
 그렇다면 대무영은 오늘의 대결에서 최소한 명협 여섯 명의 합공을 이겼다고도 볼 수 있다.

그는 회를 거듭할수록 도전자들을 상대하는 것이 조금씩 어려워지는 것을 느꼈다.

그렇다고는 해도 그가 당하거나 상처를 입었다는 뜻이 아니라 여전히 일수일퇴(一手一退) 한 번 공격에 한 명씩 정확하게 거꾸러뜨렸다.

다만 무게로 치자면 매회 무게가 조금씩 무거워지고 있다는 뜻이다.

화무관에서의 대결 덕분에 쌍명협 단목검객 대무영의 명성은 낙양 전역에 파다하게 퍼졌다.

아마도 쌍명협이라는 명성을 돈으로 바꾸는 치졸한 놈이라는 좋지 않은 명성도 더불어 퍼졌을 것이지만 그는 아무것도 모르고 있다.

어쨌든 쟁천십이류의 최하급 명협으로서, 또한 단시일 내에 대무영만큼 명성과 인기를 누리면서 더불어 돈까지 벌고 있는 사람은 거의 없을 것이다.

대무영은 화무관에서 도전자 열두 명의 합공을 물리치고 나서 집에 다 와갈 때 북설과 헤어졌다.

오늘 비록 열두 명의 합공을 이겼으나 싸운 게 싸운 것 같지 않아서 몸이나 좀 풀려는 생각이다.

그는 일전에 집 근처를 산책하다가 집에서 낙수 상류 쪽으

낙양의 단목검객 27

로 삼 리쯤 떨어진 강변에 우연히 자신만의 수련장으로 적당한 장소를 발견했다.
 그래서 그날 이후 틈틈이 그곳을 찾아서 몇 시진이고 온몸이 땀에 흠뻑 젖을 때까지 혼자서 무술 연마를 해왔었다.
 지난 팔 년여 동안 하루도, 아니, 한시도 쉬지 않고 무술수련을 해온 터라서 하루라도 몸을 격렬하게 움직이지 않으면 매우 허전했다.
 집에서 낙수 상류 쪽으로 강을 따라서 곧게 뻗은 관도를 가다보면 강 쪽으로 크고 작은 기루들이 처마를 맞대고 백여 채가 길게 이어져 있다.
 이곳이 천하에서도 유명한 홍등가(紅燈街) 낙수천화(洛水千花)라는 곳이다.
 말하자면 경치 좋기로 소문난 낙양 낙수 강가에 운집해 있는 백여 곳의 기루를 천 송이 꽃이 만발해 있는 것에 비유한 것이다.
 대무영이 자신만의 무술수련장으로 갈 때는 환한 낮이라서 기루들이 영업을 하기 전이지만, 수련을 끝내고 돌아올 때에는 거의 늦은 밤이라서 낙수천화 전체가 온통 별세계 불야성으로 변해 있다.
 그럴 때면 기루 앞에 나와서 호객 행위를 하고 있는 많은 기녀가 갖은 교태를 부리면서 대무영을 붙잡고 기루로 이끌려고 성화를 부리기 일쑤였다.

 대무영은 원래 여자에게 익숙하지 않은 데다 특히 진한 화장과 코를 자극하는 향수를 풍기며 농염한 온몸을 서슴없이 부딪치면서 이끄는 예쁜 기녀들의 손에서 벗어나느라 그는 진땀을 빼곤 했다.

 오죽하면 무술 수련을 할 때보다 낙수천화를 통과하고 난 후에 더 많은 땀을 흘렸겠는가.

 하지만 집으로 돌아오기 위해서는 그 길을 지나는 것 외에는 방법이 없다.

第十三章
월하대결(月下對決)

대무영의 무술을 두 가지로 축약한다면 빠름[快]과 힘[力]이라고 할 수 있다.

처음 숭산에서는 아무것도 모르고 그저 죽어라고 무술 수련만 거듭했었다.

그러나 무당산에서 유운검법을 배운 지 일 년쯤 지났을 때 자신이 지향해야 할 방향이 빠름과 힘, 즉 쾌력(快力)이라는 사실을 깨달았다.

그때부터 그는 산중에서 할 수 있는 모든 방법을 총동원해서 검법과 권법을 최대한 빠르게, 그리고 거기에 힘이 가미되

도록 전력을 다했었다.

그는 더욱 빠르게 몸을 움직이고 더욱 강력한 힘을 키우기 위해서 소림사나 무당파, 화산파에서 몰래 훔쳐 배운 수련법을 몇 배나 더 가일층 발전시킨 방법을 스스로 창안하여 그것들을 완전히 통달할 때까지 수백만 번이고 거듭해서 단련했었다.

그렇게 해서 그것을 통달하고 나면 그보다 더 어려운 방법을 만들어냈으며, 또 그것이 숙달되면 더욱 가혹한 방법을 몇 번이고 더 만들어냈었다.

화산에서 하산한 이후 지금까지 한 번도 패한 적이 없는 이유가 바로 끝없이 쾌력을 단련한 덕분이라고 그는 굳게 믿고 있다.

슈슈숙— 패액! 쌔애액!

인적이 끊어진 강둑에서 낙수 쪽으로 내려가다 보면 커다란 수십 개의 바위가 듬성듬성 흩어져 있는 강변에 이르게 되는데 그곳 안쪽에서 오래 전부터 날카로운 파공음이 흘러나오고 있다.

이층집 크기의 매우 큰 바위 대여섯 개가 빙 둘러싸여 있으며 중앙에 꽤 넓은 공간이 형성되어 있는 곳에서 대무영이 맨손으로 백보신권을 수련하고 있다.

지름 오 장 정도의 공간을 끝에서 끝까지 찰나지간에 활보

하면서 두 주먹과 양발로 때로는 바위를 때리고 때로는 허공을 치는 광경은 지금까지 그가 싸우면서 보여준 모습하고는 많이 달랐다.

그의 움직임을 육안으로 본다는 자체가 불가능했다. 단지 혼자 수련할 뿐인데 그는 마치 수십 명의 강적과 싸우고 있는 것처럼 수련을 하고 있었다.

쿠쿵! 쿵! 쿵!

그의 주먹과 손바닥, 발끝과 뒤꿈치가 바위에 적중될 때마다 바위가 움푹움푹 파였으며 바위가 깨져서 돌가루가 튀어 흩어졌다.

그는 자신이 배운 세 가지 무술을 모두 좋아하지만 그중에서도 특히 백보신권을 제일 좋아한다. 그리고 또 가장 자신있게 생각한다.

그가 사부라고 생각하는 유일한 사람이 있다. 최초에 무공을 배우려고 숭산에 올랐을 때 소실봉의 어느 동굴 앞에서 만난 중년의 소림승이다.

그 소림승은 십 년 동안 백보신권을 동굴에서 연마하라는 장문인의 엄명으로 이미 오 년 동안 홀로 외롭게 생활하고 있었다.

그러다가 어린 대무영이 자신의 백보신권을 훔쳐 배우고 있는 것을 발견하고는 동굴에서 삼 년 동안 함께 생활하면서 백보신권을 가르쳐 주었었다.

소림승은 자신이 대무영의 사부가 아니라고 누누이 말했었으나 대무영은 그렇게 생각하지 않는다. 오늘의 그를 있게 해준 소림승을 유일한 사부로 여기고 있다. 그것은 죽을 때까지도 변하지 않을 것이다.

그렇지만 대무영은 사부의 이름이나 법명조차도 모르고 있다. 그가 끝내 가르쳐 주지 않았기 때문이다.

그 마음의 사부가 늘 대무영에게 해주던 말이 있었다.

"힘(力)은 기(技)를 이기지 못하고, 기는 공(功)을 이기지 못하며, 공은 법(法)을 이기지 못한다. 그러나 모든 것을 능가하는 것은 마음(心)이다"

힘이 비슷한 두 사람이 싸울 경우에는 기술이 뛰어난 사람이 이긴다.

'공' 이란 오랜, 그리고 혹독한 수련으로 얻게 된 무술의 완성도와 위력을 말한다.

그러므로 같은 검법이나 권법을 배웠다고 해도 더 많이 수련한 사람의 기술이 더욱 빠르고 위력적일 것이다.

'법' 은 올바르고 진보된 방법이다. 틀린 수법이나 뒤처진 초식을 아무리 열심히 수련한들 올바르고 진보된 방법에겐

당하지 못한다.

그리고 이 모든 것의 정점에 있는 것이 '마음'이다. 목숨을 걸고 치열하게 싸우는 사람과 장난으로, 아니면 절박함이 없는 사람이 싸우는 것은 차이가 날 수밖에 없다.

대무영은 마음속의 사부가 한 말을 한시도 잊지 않고 오늘날까지 그대로 수련하려고 전념해 왔었다.

그래서 그는 아무리 사소한 싸움이라도 전력을 다한다. 대충 싸우는 것은 있을 수도 없는 일이다.

"후우······."

오늘은 평소보다 더 열심히, 그리고 더 오래 수련을 해서인지 몸이 한결 가뿐했다.

대무영은 강가로 가서 옷을 활활 벗고는 거침없이 강으로 뛰어들었다.

한겨울 매서운 날씨지만 한바탕 열심히 수련을 하고 난 그는 조금도 추위를 느끼지 않았다.

한동안 잠수와 헤엄을 병행하면서 시원함을 즐기던 그는 문득 강가에 누군가 서서 자신을 지켜보고 있는 모습을 발견하고 동작을 멈추었다.

간담이 강철처럼 굳건한 그는 조금도 놀라지 않았으나 이런 한적한 곳에 낯선 사람이 지켜보고 있다는 것이 이상한 생각이 들었다.

그 사람은 조각달을 등지고 있어서 앞모습이 어두웠으나 올빼미만큼 밤눈이 밝은 대무영은 그의 모습을 또렷하게 식별할 수가 있었다.

남자, 그것도 이십대 초반의 키가 훤칠하게 크고 체격이 좋은 매우 잘생긴 청년이다.

오른쪽 어깨에는 한 자루 검을 메고 이마에는 흰색의 문사건을 묶었으며 뒷짐을 진 채 물끄러미 대무영을 응시하고 있다.

청년의 발 옆 작은 돌 위에 대무영의 벗어놓은 옷과 목검이 놓여 있었다.

옷 안에는 약간의 돈과 두 개의 명협증패가 들어 있는데 청년은 옷을 거들떠보지도 않았다.

그것만으로도 대무영은 청년이 사심이 없는 사람일 것이라고 짐작했다.

청년이 강가에 서서 지켜보고 있다는 것은 대무영에게 볼일이 있다는 뜻이다.

그것은 또한 대무영이 쌍명협이라는 사실을 알고 있다는 의미이기도 하다.

그러므로 보통 사람이라면 대무영이 옷을 다 벗어놓고 헤엄을 치고 있을 때 두 개의 명협증패를 훔치는 것은 너무도 간단한 일이다.

첨벙… 첨벙…….

대무영은 강가로 헤엄쳐서 나가다가 얕은 곳에서 벌떡 일어나 물살을 헤치며 걸어갔다.

대무영이 이 장 거리, 물이 무릎까지 차는 곳에 이르자 그를 보는 청년의 눈빛이 가볍게 흔들렸다.

같은 남자가 보기에도 대무영의 벗은 몸이 너무도 훌륭하기 때문이다.

후리후리하게 큰 키에 딱 벌어진 어깨와 잘 발달된 근육은 구릿빛 피부와 잘 어울렸다.

청년의 시선이 대무영의 전신을 훑더니 하체의 은밀한 부위에 이르렀다가 가볍게 움찔하면서 급히 고개를 돌려 외면했다.

같은 남자라고 해도 벗은 몸, 특히 은밀한 부위를 정면에서 보는 것은 멋쩍은 일이다.

대무영은 태연하게 주섬주섬 옷을 입으면서 청년에게 눈길을 주었다.

"내게 볼일이 있소?"

청년은 뒤로 두어 걸음 물러나서 잠자코 있다가 대무영이 옷을 다 입고 목검까지 어깨에 메고 끈을 묶기를 기다린 후에 대답했다.

"귀하와 일전을 결하고 싶소."

뜻밖에도 청년은 듣는 것만으로 기분이 상쾌해지는 듯한

낭랑한 목소리를 지니고 있었다.

"나를 아오?"

대무영은 강을 등지고 청년과 마주섰다.

청년은 가볍게 고개를 끄떡였다.

"단목검객 대무영이라고 알고 있소."

"나와 싸우고 싶으면 낙양 성내의 화무관이라는 무도관으로 찾아오시오."

돈 때문이 아니라 대무영의 싸움 관리는 북설이 도맡아서 하기에 그렇게 말한 것이다.

청년은 품속을 뒤지더니 비단주머니에서 반짝이는 금화 하나를 꺼내 대무영에게 내밀었다.

대무영은 뜻밖이라는 표정으로 그의 손바닥에 놓여 있는 누렇게 반짝이는 금화를 쳐다보았다.

그는 태어나서 금화를 처음 본다. 금화를 볼 일이 없었다. 그렇기 때문에 금화 한 냥이 은자 오십 냥의 값어치라는 사실마저도 모른다.

대무영은 금화에서 시선을 거두고 손을 저었다.

"돈을 내게 줄 필요 없소."

청년은 처음부터 줄곧 담담한 표정을 짓고 있었다.

"귀하는 누구라도 은자 삼십 냥을 내면 도전을 받아들이지 않소?"

대무영은 해맑은 표정을 지었다.

"나는 그런 거 잘 모르고 싸움만 하오."

그는 자신이 도전자들과 싸우는 대가로 북설이 돈을 받는 것에 대해서는 거부반응이 없었으나 이상하게도 청년에게 직접 돈을 받는 것은 왠지 꺼려졌다. 마치 자신의 무술을 돈을 받고 파는 듯한 느낌이 들었다.

그러다가 그는 문득 자신이 얼마 전에 돈을 벌기 위해서 오룡방에 조장으로 들어갔었던 일이 떠올랐다.

그래서 그는 무술로 돈을 버는 일은 나쁜 일이 아니라는 생각이 들었다.

무술을 하나의 재주라고 친다면, 돈을 받고 재주를 파는 것이다. 세상에는 그런 사람들이 수두룩하지 않은가.

슥—

거기까지 생각한 대무영은 청년이 여전히 내밀고 있는 손에서 금화를 냉큼 집어 품속에 넣었다.

청년은 대무영이 방금 전에는 돈을 받지 않겠다고 했다가 잠시 후에 금화를 집어가자 약간 의아한 표정을 지었으나 곧 정색을 했다.

"나는 검술로써 싸울 테니 귀하도 목검을 사용하시오."

"그러겠소."

두 사람은 천천히 걸음을 옮기면서 적당한 장소를 찾으려고 두리번거렸다.

그때 문득 대무영은 의아한 생각이 들었다.

"나를 어떻게 찾았소?"

"화무관에서부터 따라왔소."

두 사람은 나란히 걸었다.

"그럼 내가 화무관에서 도전자들과 싸우는 것을 봤소?"

"그렇소."

"조금 전에 내가 혼자 권법을 수련하는 것도 봤소?"

"못 봤소."

"어째서 못 봤소?"

화무관에서부터 미행을 했다면서 대무영이 혼자 백보신권을 수련하는 것을 보지 못했다는 것이 석연치 않았다.

"나는 강둑 위에 서 있었기 때문에 바위에 가려서 귀하를 보지 못했소."

사람을 별로 의심하지 않는 대무영은 고개를 끄떡였다. 그러면서 그는 청년이 매우 솔직하면서도 정의로운 사람이라는 생각이 들었다.

여기까지 따라왔으면 대무영이 무엇을 하는지 몰래 훔쳐볼 수도 있을 텐데 그러지 않았기 때문이다.

대무영은 청년의 말을 믿었다. 만약 그가 가까이 접근했다면 자신이 알아차리지 못했을 리가 없기 때문이다.

또한 청년은 대무영이 수련을 끝낼 때까지 보지 않고 잠자코 기다렸다.

오늘 대무영은 두 시진 넘게 수련을 했는데 그 긴 시간 동안 기다린 것이다. 그것만으로도 청년의 인내심을 짐작할 수가 있다.

두 사람은 상류 쪽으로 걷다가 누렇게 풀이 마른 넓은 초지를 발견하고 누가 먼저랄 것도 없이 그곳에 일 장 반 거리를 두고 서로 마주 보고 섰다.

대무영은 목검을 뽑아 오른손에 쥐었다. 그러나 청년이 검을 뽑지 않은 것을 보고 물었다.

"왜 검을 뽑지 않소?"

"내 검술은 발검술(拔劍術)이 포함되어 있소."

"아……"

대무영은 알겠다는 듯 고개를 끄떡였다. 그리고는 곧 의아한 표정을 지었다.

"발검술이 무엇이오?"

청년은 슬쩍 미간을 찌푸렸다. 대무영이 자신을 놀린다고 생각한 듯했다.

그러나 그가 진지한 표정을 짓고 있는 것을 보고는 장난하는 것이 아니라고 생각을 바꾸었다.

"발검술이란 검을 뽑는 것과 동시에 공격하는 수법이오."

"호오……."

발검술이라는 새로운 사실에 대무영은 호기심으로 눈이 반짝였다.

"그런데 왜 그렇게 하는 것이오?"

청년은 대화가 이상한 쪽으로 흘러가는 것을 느꼈으나 개의치 않고 성심껏 대답했다.

"검을 뽑을 때, 즉 발검하는 순간에 검이 가장 강력한 힘을 발휘하고 또 빠르기 때문이오."

대무영은 곰곰이 생각하고 나서 어깨에서 목검을 뽑는 시늉을 하면서 혼잣말처럼 중얼거렸다.

"화살을 활시위에 먹였다가 쏘는 것하고 비슷한 것인가? 그러니까 검실이 활시위고 검이 화살이겠군."

"그렇소."

청년은 대무영이 정말로 발검술에 대해서 모르고 있었다면 그 이치를 이토록 짧은 시간에, 단지 한 마디만 듣고 깨달았다는 사실에 조금 놀라는 표정을 지었다.

대무영은 청년이 화무관에 왔으면서도 어째서 돈을 내고 정식으로 싸우지 않고 따라온 것인지 궁금했다. 그러나 대무영은 원래 꼬치꼬치 미주알고주알 따지는 성격이 아니라서 그냥 넘어가기로 했다.

"자. 공격하시오."

대무영은 목검을 쥔 채 우뚝 섰다.

그런데 청년은 잠시가 지나도록 대무영의 목검을 쳐다보기만 할 뿐 공격할 생각을 하지 않았다.

"왜 그러오?"

"귀하는 목검인데 나만 진검으로 싸우는 것은 불공평한 것 같소."

대무영은 뭐 그런 걸 갖고 그러느냐는 듯 빙그레 미소 지으며 손을 저었다.

"괜찮소. 나는 최대한 당신의 검에 베이지 않도록 조심할 것이오."

청년은 고개를 가로저었다.

"하지만 일단 싸움이 시작되면 그럴 수 없는 법이오. 검에는 눈이 달려 있지 않으므로 내 마음대로 할 수가 없소."

대무영은 청년의 검에 절대로 찔리거나 베이지 않을 자신이 있었다.

그렇지만 그것을 말로 하지는 않았다. 왠지 청년의 자존심을 지켜주고 싶었다.

더구나 청년은 자기만 진검이라 불공평한 싸움이라고 내키지 않아 하고 있다.

그것만 보더라도 그가 매우 공명정대한 사람이라는 것을 알 수 있다.

그래서 대무영은 기분이 좋아졌다. 그가 하산한 이후 정말 강호인다운 강호인을 만난 것 같았기 때문이다.

청년은 주위를 둘러보았으나 검을 대신할 마땅한 나뭇가지를 찾지 못했다.

"같이 찾아봅시다."

대무영은 그가 고집을 부리는 것이 마음에 들어 그의 어깨를 툭 치고는 휘적휘적 강 하류를 따라 걸어가면서 주변을 살폈다.

청년은 자신의 어깨를 친근하게 치고 걸어가는 대무영의 뒷모습을 물끄러미 응시하다가 흐릿한 미소를 지었다. 그는 잠깐의 대화만으로 대무영의 순박하고 의로운 성격을 간파하고 그가 조금쯤 마음에 들었다.

청년은 대무영을 뒤따르면서 나뭇가지를 찾기보다는 그의 뒷모습을 찬찬히 살펴보았다.

"여기 이게 좋겠군."

먼저 앞서 걸어가던 대무영이 석 자 길이의 알맞은 나뭇가지 하나를 찾아 주워서 잔가지를 치고 나서 이리저리 휘둘러보았다.

그러더니 고개를 갸웃거리고는 뒤돌아서 자신의 목검을 청년에게 내주었다.

"내 것을 사용하시오. 이건 내가 사용하겠소."

"그럴 수는 없소."

청년이 손을 젓자 대무영은 억울하다는 듯 자신의 목검을 허공에 파공음이 나도록 세차게 휘둘러 보였다.

"이것은 화산에서만 나는 오래된 박달나무로 만든 것인데 웬만한 돌보다도 강하오."

청년은 대무영의 순수함이 정겨운 듯 준수하고 갸름한 얼굴에 빙그레 엷은 미소를 지었다.

"그게 아니라 불초가 감히 귀하의 무기를 사용할 수 없다는 뜻이오."

"그런 뜻이었소?"

청년이 고개를 끄떡이자 대무영은 환하게 웃으면서 그의 앞에 성큼 다가들어 손을 덥석 잡고 흔들었다.

"당신은 정말 좋은 사람이로군. 강호에 나온 이후 당신처럼 올곧은 사람은 처음 봤소."

대무영이 대놓고 면전에서 칭찬을 하자 청년은 얼굴을 약간 붉히면서 어색한 미소를 지었다.

척!

"자. 그런 뜻에서 내 목검을 쓰도록 하시오."

대무영이 얼렁뚱땅 자신의 손에 목검을 쥐어주자 청년은 어이없는 표정을 지었다.

청년이 목검을 살펴보자 대무영은 싱긋 미소 지었다.

"나는 얼마 전에 화음현의 오룡방이라는 곳의 조장이었는데 그곳의 어떤 사람이 그 목검을 보더니 단목검객이라고 내 별호를 지어주었소."

"좋은 별호요."

청년은 진심 어린 표정으로 고개를 끄떡였다. 낙양 성내에 나돌고 있는 단목검객의 전신에는 대무영에 대해서 자세히 적혀 있기 때문에 그가 오룡방의 조장이었다는 사실을 청년은 알고 있었다.

시골 방파의 방주라고 해도 명협이 매우 드문 판국인데 일개 조장이 명협인 것은 전무후무한 일이다. 아마 대무영이 최초일 것이다.

또한 명협쯤 되면 자신의 옛 신분이 조장이었다는 사실을 부끄럽게 여겨서 애써 감추려고 할 텐데 대무영은 오히려 청년이 묻지도 않았는데 떳떳하게 밝히고 있다.

"참! 당신 별호는 무엇이오?"

"나는……."

별호 얘기가 나오자 대무영이 생각난 듯이 물었고 청년은 조금 곤란한 표정을 지었다.

"아직 별호가 없소?"

그것을 대무영은 또 순진하게 받아들였다.

청년은 정중하게 포권지례를 취했다.

"불초는 주도현(朱道賢)이라 하고, 친구들이 추풍신룡(追風神龍)이라는 별호를 지어주었소."

대무영은 얼굴 가득 감탄하는 표정을 지었다.

"추풍신룡……. 아아! 정말 당신에게 잘 어울리는 별호요!"

그는 부러운 듯한 표정을 지었다.

"당신은 정말 좋은 친구들을 두었구려."

사실 청년 주도현의 별호를 친구들이 지어주었다고 하는 것은 겸손의 말이다.

그것은 그가 지난 이 년간 강호를 주유하는 과정에 강호인들이 지어준 것이다.

추풍신룡 주도현은 어느덧 마음이 바뀌었다. 처음에 화무관에서 대무영을 봤을 때는 한마디 말도 하지 않고 도전자들을 쓰러뜨려서 매우 거만하고 차가운 인물인 줄 알았는데 이제 보니 세상에 둘도 없을 정도로 부처님 가운데 토막 같은 사람이었다.

대무영이 도전자 열두 명의 합공을 순식간에, 그것도 딱 열두 번 손을 써서 쓰러뜨리는 것을 보고 꼭 한 번 겨루어보고 싶다고 마음먹었다.

그런데 그가 너무 친근하게 굴어서 싸우고 싶은 마음이 많이 사라져 버린 것이다.

"그럼 내가 주도 형이라고 불러도 되겠소?"

대무영이 불쑥 묻자 주도현은 의아한 표정을 지었다.

"왜 그렇게 부르는 것이오?"

"내가 형이라고 부르는 게 싫소?"

주도현은 손을 저었다.

"그게 아니오. 내 성은 주인데 어째서 주도 형이라 부르는지 묻는 것이오."

대무영은 깜짝 놀랐다. 그는 얼마 전에 오룡방 흑룡당주 공손우에게 '공 형'이라고 불렀다가 그가 '공손'이라는 복성을 쓴다는 사실을 알았었다.

그래서 주도현의 성이 어쩌면 '주도'일지 모른다고 지레짐작했던 것이다.

"앗! 그렇소? 미안하오. 주 형."

그는 겸연쩍게 웃으며 머리를 긁었다.

"내 이름은 대무영이오."

"알고 있소."

"주 형. 내 이름은 대무영이라는 말이오."

대무영은 똥마려운 강아지 같은 표정을 지었다.

"아······."

주도현은 그제야 대무영이 자신에게도 호형을 하라는 뜻을 알아차리고 미안한 표정을 지었다.

"미안하오. 대 형."

주도현은 대무영이 순수함을 넘어서 어린아이처럼 천진난만하다고 생각했다.

목적을 달성한 대무영은 헤벌쭉 웃으며 손을 내저었다.

"하하! 괜찮소!"

이어서 대무영은 뒷걸음으로 성큼성큼 물러나서 우뚝 서며 오른손의 나뭇가지를 들었다.

"자, 그럼 이제 겨루어봅시다. 주 형."

주도현은 의외라는 표정으로 대무영을 쳐다보았다. 두 사람이 한참 이것저것 대화를 하다가 서로 호형을 하게 될 만큼 친근해졌는데 느닷없이 겨루자고 하는 대무영의 의도를 알 수가 없었다.

그러나 주도현은 대무영이 끊고 맺음이 분명한 사람이라는 사실을 깨달았다.

두 사람이 서로 호형하게 된 것은 된 것이고 애초에 겨루기로 했으니까 그것을 실행하자는 것이다. 주도현은 대무영의 그런 점까지 마음에 들었다.

슈욱!

주도현이 먼저 공격해 왔다.

이 장 반 거리를 곧장 짓쳐오는데 대무영이 보기에 그리 빠른 것 같지 않았다.

'어?'

그렇게 생각했는데 주도현이 어느새 일 장 앞까지 쇄도하면서 목검을 찔러왔다.

쉬익!

그런데 대무영은 목검이 자신의 어디를 노리고 찔러오는 것인지 도무지 알 수가 없다.

얼굴 같기도 하고 가슴인 것 같기도 했으며 복부 같기도 했다. 아니, 상체 급소 전체를 찔러오는 것 같았다.

지금까지 대무영이 싸웠던 상대들의 공격은 눈으로 보지 않아도 어느 방향에서 어디를 어떻게 노리고 있는지 훤하게 알 수 있었다.

그런데 주도현의 공격은 눈을 부릅뜨고 있어도 도무지 어딜 어떻게 공격해 오는 것인지 모르겠다.

대무영의 눈은 매우 빠르고 정확하기 때문에 주도현의 찔러오는 목검이 또렷하게 보였다.

그런데도 어느 부위를 공격하는 것인지 알 수 없다는 것은 하나를 의미한다.

급소 전체를 노리고 있는 것이다. 어떻게 한 번의 찌름으로 그것이 가능한지 모르겠지만 그것만은 분명했다.

대무영은 아직 일 초식을 나누어보지도 않았지만 주도현이 매우 고강하다는 사실을 직감했다.

그래서 유운검법 중에서도 가장 위력적인 제삼초식 구궁섬광(九宮閃光)을 전개하기로 마음먹었다.

슈웃!

그는 주도현에게 곧장 짓쳐가면서 수중의 석 자 길이 나뭇가지를 세로로 그었다.

얼핏 보면 그가 주도현의 공격에 담겨 있는 심오함을 조금도 간파하지 못하고 무지막지하게 저돌적으로 반격하는 것 같은 행동이다.

주도현은 찰나지간 대무영을 다치게 할 수도 있다는 생각에 공격을 거두려고 했다.

그는 대무영이 제법 고강할 것 같아서 처음부터 위력적인 초식을 전개했는데 이제 보니까 대무영을 과대평가했다는 생각이 들었다.

그런데 그게 아니다. 주도현이 그런 생각을 하고 있을 때 대무영의 나뭇가지가 목검이 찔러가는 것보다 더 빠른 속도로 정수리를 향해 그어 내리고 있는 것을 발견했다.

주도현의 공격은 대무영 상체의 여덟 군데 급소를 노리고 있으나 대무영의 공격이 더 빠르다면 무위로 돌아갈 수밖에 없다.

더구나 대무영은 기이한 보법을 밟으면서 주도현의 공격 틈새를 유유히 파고들었다.

'빠르다…….'

움찔 놀란 주도현은 위험하다는 판단에 정신없이 보법을 밟으면서 뒤로 물러났다. 그것만으로도 모자라서 상체를 재빨리 오른쪽으로 기울였다.

그런데 그것으로 피한 것이 아니다. 대무영의 나뭇가지는 주도현의 정수리를 내려치다가 중도에서 슬쩍 방향을 틀더니 여전히 정수리를 짓쳐오고 있었다.

쉬익!

"……."

주도현은 정신이 번쩍 들었다. 그는 강호에 나온 지 이 년 동안 삼백여 명의 고수와 대결을 해봤는데 오늘에야 비로소 최고의 강적을 만났다.

스읏…….

그는 즉시 경공을 전개해서 뒤로 일 장이나 물러나서야 공격에서 벗어날 수 있었다.

그러나 그것도 잠시, 그가 미처 자세를 바로 잡을 새도 없이 대무영이 그림자처럼 지척까지 쏘아오며 이번에는 왼쪽 옆구리를 향해 나뭇가지를 그어왔다.

그 속도가 얼마나 빠른지 나뭇가지가 허공을 가를 때 생기는 파공음도 나지 않았다.

그어온다고 여기는 순간 나뭇가지는 이미 옆구리를 후려

치고 있었다.

사아…….

주도현은 이번에도 경공을 전력으로 전개하여 오른쪽으로 이 장이나 물러났다.

경공술은 먼 거리를 갈 때 사용하는 것이지 가까운 거리에서 근접전을 펼칠 때에는 전개하지 않는 것이 일반적인 상식이다.

그런데 지금 상황에서 대무영의 공격을 피하려면 보법만으로는 불가능하다.

경공을 전개하여 멀찌감치 물러나야 공격권에서 완전히 벗어날 수 있는 것이다.

주도현은 삼백여 차례 싸움을 했었으나 싸움 도중에 경공을 전개하기는 난생처음이다.

이런 어이없는 일이 생길 줄은 꿈에서조차 상상해 본 적이 없었다.

대무영은 이미 일 장까지 쇄도하고 있는 중이다. 과연 주도현의 예상은 적중했다.

대무영의 공격을 피하려면 경공을 전개하여 최소한 이 장 이상 물러나야만 하는 것이다.

보법으로 피하면 따라잡히고 만다. 한 가지 다행한 것은 대무영이 경공을 모르는 것 같다는 사실이다. 알고 있다면 그도 경공으로 따라잡았을 것이다.

공격권 밖으로 피했다고 여겼는데도 주도현으로서는 시간이 촉박했다. 자세를 잡기도 전에 대무영이 재차 공격을 해올 것이다.

그렇다고 경공으로 삼사 장씩 멀리 물러나는 것은 아예 싸움을 포기하겠다는 뜻으로 비출 수 있다.

결국 주도현은 이 싸움에서 전력을 다해야지만 낭패를 당하지 않을 것이라고 판단했다. 그는 강호에 나온 이후 한 번도 전력으로 싸웠던 적이 없었다.

그는 공력을 끌어올려 오른팔에 집중하면서 쏘아오는 대무영을 향해 돌진했다.

조금 전 그의 공격은 전력의 오 할 정도만 전개했었지만 이번 공격은 전력이다.

그러므로 길어야 삼 초식 안에 대무영을 제압할 수 있을 것이라고 짐작했다.

퓨우우—

주도현이 목검을 휘두르자 거센 바람에 얇은 종이의 끝이 마구 떨리는 듯한 파공음이 흘렀다. 그것은 그가 전력으로 공격을 펼칠 때 나는 소리다.

유운검법 삼초식 구궁섬광을 전개하면서 쇄도하던 대무영은 움찔했다.

'파고들 곳이 없다.'

대무영은 자신의 앞에 마치 벽이 가로막혀 있는 것 같은 착각에 빠졌다.

검 공격, 즉 검격(劍擊)의 소나기이다. 말하자면 검격우(劍擊雨)라고 할 수 있다.

어떻게 단 한 번의 동작에 검격우가 쏟아져 내릴 수가 있는 것인지 모를 일이다.

대무영은 공격할 줄밖에 모르기 때문에 피할 수가 없어서 순간적으로 난감해졌다.

그러나 이대로 전진하다가는 검격우에 집중난타를 당하고 말 것이 분명하다.

자신에게 이런 상황이 닥칠 줄은 추호도 예상한 적이 없기 때문에 그는 적잖이 당황했다. 자신을 당황시키다니 주도현은 정말 고강한 상대가 분명했다.

그러나 궁하면 통한다고 했다. 순간 대무영은 번뜩 머리를 스치는 것이 있었다.

'거꾸로!'

스사사삭…….

그는 재빨리 구궁섬광의 보법을 거꾸로 밟았다. 공격일변도의 수련만 했었지 공격 보법을 역으로 밟은 적은 한 번도 없었다.

구궁섬광은 대무영이 배운 매화검법과 유운검법 중에서 가장 빠른 공격이다.

오묘한 구궁의 보법을 밟으면서 검을 섬광처럼 전개하기 때문에 상대는 언제 어느 각도에서 공격이 뿜어져 올지 전혀 예측할 수가 없다.

대무영은 구궁보법을 역으로 밟아 번개같이 뒤로 후퇴하면서도 주도현과 그의 목검에서 눈을 떼지 않았다. 그는 어떤 상황에서도 상대에게서 시선을 거두지 않는다.

찰나 그의 앞쪽으로 검격우가 하나의 벽이 되어 내려꽂혔다. 촌각만 늦었더라도 매타작을 당할 뻔한 아슬아슬한 순간이었다.

그런데 반짝이는 기지로 위기를 모면했으나 구궁보법을 한 번도 역으로 밟아본 적이 없었기 때문에 한 차례 보법이 끝난 직후에 그는 자세가 흐트러져서 잠깐 휘청거렸다.

퓨우우…….

그 순간 주도현의 공격이 재차 이어졌다. 마치 첫 번째 공격이 계속 진행되는 것처럼 매끄러운 재공격이다.

미처 자세를 잡지 못한 대무영은 재차 구궁보법을 역으로 밟으며 이번에도 간신히 피했다.

세 번째 공격을 하기 위해서 전력으로 대무영에게 쇄도하고 있는 주도현은 내심 놀라움과 경탄을 금하지 못했다.

'전력으로 전개하는 검우파풍(劍雨破風)을 두 번이나 피하다니 믿을 수 없다.'

그는 뒤로 연속해서 물러나는 대무영의 두 발을 보면서 저런 신묘한 보법이 대체 무엇인지 몹시 궁금했다. 그는 무학에 대해서는 무불통지(無不通知)라 할 정도로 박식하지만 지금 대무영이 전개하고 있는 보법에 대해서는 아는 바가 전혀 없었다.

'그렇다면 이번에는……'

두 번이나 실패한 초식을 세 번째에도 사용할 만큼 주도현은 바보가 아니다.

타앗!

그는 앞으로 쏘아가는 기세를 빌어서 발끝으로 땅을 박차고 비스듬히, 그리고 쏜살같이 허공으로 솟구쳤다.

'이번에는 창공뇌격(蒼空雷擊)이다!'

그가 익힌 검법에는 도합 오 초식이 있으며 그중에서 검우파풍은 사초식이고 창공뇌격은 이초식이다.

원래 무공이란 초를 거듭할수록 위력이 점차 강해지는 법인데 그는 오히려 사초식에서 이초식으로 초식을 내렸다.

절초(絶招)를 전개한다고 무조건 좋은 것이 아니다. 시기적절하게 사용하는 적초(適招)야말로 최상인 것이다.

지금 상황은 대무영이 신묘한 보법을 밟으면서 뒤로 물러나며 검우파풍을 모조리 피하기 때문에 그가 뒤로 물러서지 못하도록 허공에서 아래로 공격하는 것이 최적이라고 판단한 것이다.

 순식간에 대무영의 머리 위 일 장 반 높이에 이른 주도현은 천근추(千斤鎚)의 수법으로 아래로 뚝 떨어지면서 목검을 맹렬하게 떨쳤다.

 퓨바우웃—

 위를 올려다보던 대무영은 머리 위에서 검격의 그물이 쏟아지는 듯한 착각에 빠졌다.

 전후좌우 어디라도 피할 곳이 없다. 피하는 것보다 검격의 그물 검격망(劍擊網)이 그를 덮어씌우는 것이 훨씬 더 빠를 것이기 때문이다.

 순간 그의 빠르고 정확한 눈은 쏟아져 내리는 검격망이 도합 스물여덟 개의 검격으로 형성되었으며 각 검격의 간격이 한 자도 되지 않는다는 사실을 간파했다.

 이번에는 오히려 그가 결정을 내리는 것보다 행동이 훨씬 더 빨랐다.

 탓!

 머리가 결정을 내리기도 전에 두 발로 힘껏 땅을 박차고 수직으로 솟구쳐 오르며 매화검법 일초식 비폭노조를 힘차게 전개하며 나뭇가지를 뻗었다.

'아니?'

아래로 하강하면서 공격하고 있는 주도현은 대무영의 돌연한 행동에 움찔했다.

주도현은 자신이 전개하고 있는 공격의 위력을 누구보다 잘 알고 있다.

대무영이 저런 식으로 우매한 행동을 하면 목검에 몇 대 얻어맞고 치명상을 입을 것이 분명하다.

더구나 지금 주도현의 공격에는 공력이 실려 있지 않은가. 그래서 그는 급히 공력을 회수하려고 했다.

하지만 그 순간 주도현은 자신의 눈을 의심했다. 대무영이 두 팔을 귀에 붙인 채 위로 뻗어 몸을 최소한 작게 만들었으며, 그 순간 검격 하나가 그의 왼쪽 어깨에 고스란히 적중되었다.

뻑!

공력이 실린 일격을 적중당하고 대무영은 허공중에서 멈칫했으나 솟구치는 속도에는 지장이 없었다.

그는 몸을 최소한 좁힌 덕분에 단 하나의 검격만을 왼쪽 어깨에 맞았다. 그러지 않았으면 최소한 서너 개의 검격을 적중당했을 것이다.

그리고는 그것으로 검격망을 완전히 벗어나 솟구치면서 매화검법 비폭노조가 실린 나뭇가지가 주도현의 오른쪽 가슴을 향해 찔러왔다.

'이럴 수가…….'

대무영이 비록 몸을 최소한으로 좁혀서 왼쪽 어깨에 검격을 한 대만 맞았다고 해도 주도현의 전 공력이 실렸기에 어깨뼈가 완전히 박살 나야 마땅하다.

그런데 그는 끄떡도 하지 않고 잠시 주춤했을 뿐 오히려 주도현의 가슴을 공격해 오고 있지 않은가.

딱!

주도현의 목검이 번개같이 후려치자 나뭇가지는 맥없이 부러져 나갔다.

그러나 그게 끝이 아니다. 나뭇가지를 부러뜨린 주도현의 목검이 방향을 바꿔 이번에는 대무영의 오른쪽 어깨를 향해 찔러갔다.

주도현은 공력을 반으로 줄였다. 그렇지만 그야말로 태산압란(泰山壓卵). 지금 상황에서 목검으로 대무영의 어깨를 찌르는 것은 태산의 무게로 달걀 하나를 찍어 누르는 것처럼 수월한 일이다.

주도현은 승리를 낙관했다. 대무영의 부러진 나뭇가지는 절대 자신에게 이르지 못할 것이기 때문이다.

후웅!

그런데 대무영이 오른손의 나뭇가지를 재빨리 거두는 대

신 번개같이 위로 왼 주먹을 내뻗었다.

 부러져서 한 자 반 길이가 된 나뭇가지로도 주도현에게 이르지 못하는데 하물며 왼팔을 뻗어 맨주먹으로 무엇을 하겠다는 것인지 모를 일이다.

 그러나 주도현은 대무영이 그저 헛손질일지라도 최후의 발악을 하는 것이라고 생각했다.

 "……!"

 그 순간 주도현은 또다시 자신의 눈을 의심했다. 위로 힘껏 뻗은 대무영의 왼 주먹에서 하나의 주먹이 튀어 오르는 것을 발견했기 때문이다.

 그것이 백보신권의 일초식인 격공금룡이라는 것을 주도현으로서는 짐작조차 하지 못했다.

 딱!

 뻑!

 주도현의 목검이 대무영의 오른쪽 어깨를 내려치는 순간 대무영의 왼손 주먹에서 뿜어진 또 하나의 주먹이 주도현의 가슴을 강타했다.

 주도현은 가슴에 둔중한 충격을 받는 순간 대무영의 왼 주먹이 최소한 두 자 아래에 있는 것을 발견했다. 그렇다면 방금 그의 가슴을 적중시킨 것은 무엇이라는 말인가.

第十四章
고고한 친구

대무영과 주도현은 대결을 멈추고 지상에 내려와 세 걸음 거리를 두고 서로 마주섰다.

주도현은 수양이 깊은 사람이지만 지금은 마음속에서 일어나는 격동을 다스리기가 어려운 상황이다.

그는 대결을 하기 전에는 대무영이 자신과 백중지세를 이룰 것이라고는 추호도 생각하지 않았었다.

그는 검법 수행을 위해서 집을 떠나 지난 이 년여 동안 천하를 주유하면서 삼백여 명 이상의 고수들과 대결을 벌였었고 단 한 번도 패한 적이 없었다.

처음에는 무작위로 아무하고나 대결을 하다가 상대들의 실력이 지나치게 약하자 더 강한 고수를 만나기 위해서 방법을 바꾸었다.

쟁천당에서 쟁천십이류의 전신을 구입해서 그들을 찾아다니며 대결을 벌이는 것이었다.

그가 지금까지 쟁천십이류 중에서 싸워 이긴 고수 중에는 명협이 가장 많았다. 쟁천십이류에서 명협이 가장 많기 때문에 어쩔 수 없는 현상이었다.

그 다음이 명협 위의 등급인 공부였으며 다음이 패령, 그리고 그가 싸워서 이긴 쟁천십이류 중에서 가장 높은 등급이 후선(后仙)이었다.

그 위의 등급하고도 겨루어보고 싶었으나 이 년여 동안 찾아낸 최고 등급이 후선이었다.

후선을 찾아낸 것도 수천 리 길 발품을 팔면서 방방곡곡 돌아다닌 끝에 가능했었다.

쟁천당에서는 천무에서부터 명협까지 모든 전신을 구입할 수 있으나 패령 위 등급 후선에서부터는 신상명세나 세부사항이 정확하게 기재되어 있지 않거나 아예 기록 자체가 없는 경우가 허다했었다. 그러므로 후선 위 등급 군주부터는 아예 찾는 것조차도 어려웠다.

주도현은 지금까지 약 오십여 명의 쟁천십이류와 겨루어

서 이겼으나 그들이 지니고 있던 쟁천증패를 뺏은 적은 한 번도 없었다.

패한 자들이 스스로 쟁천증패를 주겠다고 하는 것마저도 거절했었다.

그의 목적은 어디까지나 검법 수행이지 쟁천증패 같은 것이 아니기 때문이었다. 물론 후선을 이겼을 때에도 후선증패를 취하지 않았었다.

그는 자신의 실력이 후선보다 두 등급 높은 존야(尊爺)나 그 위 등급인 왕광(王光)쯤은 될 것이라고 스스로 평가를 내리고 있었다.

그가 후선과 겨루었을 때 오 초식 만에 승리했기 때문에 그렇게 추측한 것이다.

그런데 이곳에서 시골 방파의 일개 조장이었던 쌍명협 단목검객이라는 소년과 겨루어 백중지세를 이룰 줄은 꿈에도 예상하지 못했었다. 그러므로 주도현이 받은 충격이 얼마나 크겠는가.

아니, 어쩌면 싸움을 멈추지 않고 계속 겨루었으면 주도현이 점점 밀리다가 패했을지도 모른다. 두 가지 사실이 그것을 뒷받침하고 있기 때문이다.

첫째, 대무영은 마지막 순간에 왼 주먹에서 흐릿한 주먹을 발출했다.

그것은 절대로 내공을 주먹으로 발출하는 권경(拳勁)이 아니었다. 내공에 의한 권경은 눈에 보이지 않는다.

하지만 대무영의 주먹에서는 분명히 하나의 주먹이 뿜어져 나왔었는데 그것이 도대체 무엇인지 아무리 생각해 봐도 알 수가 없었다.

어쨌든 그것이 권경이든 아니든 대단한 상승수법인 것만은 분명했다.

그런데 그 상승수법이 주도현의 가슴에 적중되었을 때 묵직한 느낌만 있었을 뿐이지 그에게 아무런 상처도 입히지 않았다.

그 이유는 한 가지로만 이해할 수가 있다. 대무영이 주도현을 다치게 하고 싶지 않아서 그 주먹에 진실한 위력을 담지 않은 것이 분명했다.

말하자면 대무영은 봐주면서 대결을 한 것이다. 마지막 순간에 주도현은 공력을 절반으로 줄였으나 대무영은 아예 힘 자체를 싣지 않은 것 같았다.

둘째, 주도현은 처음에 전 공력이 실린 목검으로 대무영의 왼쪽 어깨를 때렸었다.

그리고 두 번째에는 절반의 공력이 실린 목검으로 그의 오른쪽 어깨를 때렸었다.

그런데 대무영은 멀쩡하게 공격해 왔다. 주도현의 전 공력이 실린 첫 번째 목검을 왼쪽 어깨에 적중당했으면 어깨뼈가 으스러져서 꼼짝도 하지 못해야 마땅하다.
 그런데도 그는 계속 공격을 해서 끝내 주먹으로 주도현의 가슴을 때린 것이다.
 지금 주도현이 볼 때에도 대무영은 조금도 아픈 것 같지 않은 모습이다.
 얼굴에 훈훈한 미소를 떠올리고는 십년지기나 되는 것처럼 정겨운 표정으로 주도현을 바라보고 있다.
 대무영이 만약 정말 아무렇지도 않다면, 이 두 가지 이유 때문에 그가 주도현보다 더 고강하다고 감히 말할 수 있는 것이다.
 지금 상황에서 주도현은 대무영에 대해서 궁금한 점이 한두 가지가 아니었다.
 그중에서도 제일 궁금한 것이 과연 그의 사문이 어디냐는 것이다.
 주도현은 강호에 대무영 같은 젊은, 아니, 어린 후기지수가 있다는 말을 들어본 적이 없었다.
 "대 형, 어깨는 괜찮소?"
 주도현의 물음에 대무영은 빙그레 미소 지으며 양쪽 어깨를 들썩였다.
 "끄떡없소."

주도현은 설매 대무영이 전설에서나 있을 법한 도검불침(刀劍不侵)의 금강불괴지신(金剛不壞之身)일 것이라고는 생각하지 않았다.

그는 매우 진지한 표정으로 포권을 해 보였다.

"대 형. 무례하지만 하나 물어봐도 되겠소?"

대무영은 손을 휘휘 저었다.

"친구 사이에 무례니 뭐니 그런 말 하려면 아예 아무것도 묻지 마시오."

주도현은 자신이 원하지도 않는 사이에 대무영하고 한 번 싸우고 나서 친구가 돼버렸다. 하지만 그는 대무영의 그런 억지가 거부감이 들지는 않았다.

그는 좀처럼 사람을 사귀지 않는 성격이라서 친구라고는 한 명도 없다. 만약 대무영하고 친구가 된다면 유일한 친구인 셈이다.

주도현은 대무영이 예절 따위를 싫어하는 번문욕례(繁文縟禮)의 성격이라 여기고 사소한 예절은 차리지 않기로 했다. 어느덧 그도 대무영을 친구로 여기기 시작하는 듯했다.

"내가 목검으로 대 형의 양 어깨를 한 번씩 가격했는데 어째서 아무렇지도 않은 것이오?"

"아… 그거 말이오?"

대무영은 대답 대신 하늘의 달과 별을 보고서 지금이 해시(밤 10시경)가 넘은 것을 알고는 강둑 쪽으로 걸음을 옮기며 주도현에게 함께 가자는 손짓을 해 보였다.
"밤이 늦었으니까 가면서 얘기하는 게 좋겠소. 늦게 들어오면 걱정하는 누나들이 있어서."

두 사람은 하남포구로 뻗은 관도를 나란히 걸어갔다.
"사부님께서 나를 이렇게 만드셨소."
"어떻게 말이오?"
"사부님께서 여러 혹독한 방법으로 내 몸을 단련시켰소. 바보 같은 나는 처음에는 그게 뭔지 모르고 사부님께서 나를 죽이려는 것인 줄만 알았소. 하하! 그런데 나중에 알고 보니까 내 몸이 점점 단단해져서 결국엔 바위처럼 변한 것이 아니겠소?"

대무영의 말에 의하면 그의 사부는 커다란 가마솥에 모래를 가득 담고는 그를 그 안에 파묻어 놓은 후에 아래에서 세차게 불을 땠다고 한다.

가마솥 안의 모래가 점점 뜨겁게 달구어졌지만 사부는 어느 정도 시간이 흐를 때까지 그를 나오지 못하도록 했으며 그 시간은 날이 갈수록 점점 길어졌다.

그런 일이 반복되어 몇 달이 지난 후에는 불을 아무리 거세게 때도, 가마솥의 모래가 시뻘겋게 달아도 모래 속에 몸을 담근 대무영은 전혀 뜨거움을 느끼지 못하고 오히려 심신이 상쾌해졌다는 것이다.

사부는 그런 방법만 사용한 것이 아니다. 그다음에는 몽둥이로 그의 온몸을 빈 틈 없이 때리더니 나중에는 쇠몽둥이로, 그리고 마지막에는 삐죽삐죽 쇠꼬챙이가 박힌 쇠몽둥이로 매일 그를 두들겨 팼다는 것이다.

그 역시 처음에는 몽둥이 한두 대만 맞아도 곧바로 혼절했으며, 쇠꼬챙이에 맞으면 온몸에서 피가 뿜어졌었는데 세월이 지나면서 점점 견딜 만해졌으며, 나중에는 사부가 아무리 쇠꼬챙이가 박힌 쇠몽둥이로 하루 종일 두들겨 패도 간지럽기만 했다는 것이다.

그뿐만이 아니다. 사부는 틈틈이 대무영의 온몸을 두드리고 주물렀는데 그럴 때마다 사부의 손을 통해서 뜨겁고 차가우며 고통스러운 여러 기운이 차례로 체내로 쏟아져 들어와 그를 휘저어 놓았다고 한다.

'금종조(金鐘罩)인가?'

주도현은 설명을 마친 대무영의 옆얼굴을 보면서 고개를 갸웃거렸다.

금종조는 소림사의 외문무공(外門武功)으로써 살갗을 종처럼 단단하게 단련시켜서 극성에 이르면 도검에도 상처가 생기지 않는다고 하는 특수한 무공이다.

그렇지만 사부가 대무영의 온몸을 두드리고 주무르면서 공력을 주입한 것 같은데, 금종조는 외문무공이라서 단련 방법에 그런 것은 들어 있지 않다.

또한 금종조를 익힌 사람을 가격하면 몸에서 종 울리는 둔중한 소리가 나는 것이 특색인데 대무영에게서는 아무 소리도 나지 않았었다.

"사부께서 그 수법의 명칭이 무엇이라고 하셨소?"

"말씀해 주시지 않았소."

일껏 물었더니 대무영의 대답은 의외로 간단했다. 그러나 주도현은 그가 거짓말을 한다고는 생각하지 않았다.

비록 만난 시간을 짧지만 주도현은 그의 성격에 대해서는 대충 알게 되었다. 그중에서도 그는 절대 거짓말을 하지 않을 것 같았다.

주도현은 조심스럽게 다시 물었다.

"대 형의 사부는 누구시오?"

"모르오."

돌아온 대답은 이번에도 간단했다. 그러나 대무영이 그렇게 대답하고 나서 착잡한 표정을 짓는 것이 달랐다.

"나도 사부님이 누구시냐고 수백 번도 더 물었지만 사부님께선 그때마다 알 필요가 없다고 말씀하셨소."

주도현은 대무영의 말이 이해하기 어려웠으나 이해하려고

애를 썼다.

"사부님께선 소림사의 승려가 분명하오. 그러니까 내게 백보신권을 가르쳐 주셨겠지. 그러나 사부님에 대해서 아는 것은 그것뿐이오."

비로소 주도현은 아까 대무영의 마지막 수법, 즉 주먹에서 또 다른 주먹이 뿜어졌던 것이 백보신권이라는 사실을 알게 되었다.

그는 백보신권을 배우지는 않았으나 어떤 형식인지 알고 있어서 보면 즉시 알아차릴 수 있다.

그런데 아까 대무영이 전개한 수법은 아무리 생각해 봐도 절대 백보신권이 아니었다.

하지만 대무영은 거짓말을 할 사람이 아니라서 주도현은 풀리지 않은 의문을 안고 있을 수밖에 없었다.

그는 대무영에 대해서 물을 것이 아직도 많았으나 서두르지 않았다.

그는 자신과 대무영은 앞으로 썩 좋은 관계가 될 것 같은 예감이 들었다.

그러므로 그에 대한 궁금증은 나중에 차차 알아가는 것이 좋겠다는 생각을 했다.

"주 형은 집이 어디요?"

잠시 침묵이 흐르다가 대무영이 생각난 듯 불쑥 물었다.

"북경이오."

대무영은 눈을 동그랗게 뜨며 놀랐다.

"북경이면 황도(皇都)가 아니오? 황도라고 하는 게 맞나?"

대무영이 아는 체를 하고 머쓱하게 미소 짓자 주도현은 빙그레 미소 지었다.

"그렇소."

"그런데 왜 북경을 황도라고 하는 것이오?"

주도현의 미소가 조금 더 짙어졌다. 그는 대무영을 만나기 전까지만 해도 만약 누군가에게 이런 질문을 받는다면 무식하다고 일축했을 것이다.

주도현이 비록 수양이 깊고 자비로운 사람이라고 해도 '황도'가 무슨 뜻인지 모르는 것은 무식하다고 밖에는 말할 수 없기 때문이다.

그러나 지금 그는 대무영을 무식하다고 생각하기보다는 순수하고 천진난만하다고 여겼다. 한번 좋게 보면 모든 것이 다 좋아 보인다는 의미일 것이다.

"황도란 그곳에 황궁이 있으며 황제가 살고 계시기 때문이오. 그래서 천하의 중심인 것이오."

"아… 황제가 계시는구나."

대무영은 고개를 크게 끄떡이고 나서 또 물었다. 그는 궁금한 것투성이였다.

"주 형은 황제를 본 적이 있소?"

"그렇소."

"어, 어떻게 생겼소? 황제도 우리하고 똑같이 생겼소?"

주도현은 함박웃음을 지었다.

"물론이오. 황제도 사람이오. 만약 황제가 삼두육비(三頭六臂)의 괴물이라면 어떻게 황제가 될 수 있겠소?"

"그렇군."

대무영은 크게 고개를 끄떡이고 나서 또 물었다.

"그런데 삼두육비가 무엇이오?"

주도현은 조금도 귀찮게 여기지 않고 대무영이 묻는 것들을 차근차근 자세히 설명해 주었다.

두 사람은 수백 채의 기루가 밀집해 있는 낙수천화 거리를 천신만고 끝에 통과했다.

평소 대무영 혼자 지나갈 때에도 붙잡는 기녀들 때문에 난리법석이었는데, 오늘은 보기만 해도 가슴이 설레는 미남자 주도현이 한 명 더 있는 바람에 통과하는데 곱절이나 애를 먹었다.

대무영과 주도현은 키가 비슷했으나 체격은 대무영이 더 늠름하고 당당했다.

주도현은 어딘가 서생 같은 참신하면서도 흰 살결을 지녔으며 고결하면서도 도도한 기품이 흘러서 영락없는 귀공자의 모습이다.

그래서 대무영과 주도현의 외모는 대조적이다. 대무영이 호남에 영웅호걸의 모습이라면, 주도현은 신비로운 군자의 기상을 지녔다.

그런 두 남자가 지나가는데 낙수천화의 기녀들이 가만히 놔둘 리가 없다.

무란청(武蘭淸).

그것은 아란이 지은 주루의 새로운 이름이다. 대무영의 '무'를 따고, 아란의 '란', 청향 자매의 '청'을 따서 '무란청'이라는 전혀 주루 같지 않은, 그러나 매우 아름다운 독특한 이름을 지었다.

주루 무란청은 해시에 문을 닫는데도 임시(밤 11시)가 넘은 지금까지도 몇몇 손님이 남아 있었다.

무란청을 찾는 손님의 대부분은 이곳 하남포구의 장사꾼이나 일꾼, 그리고 여행객들이다. 강호인은 가뭄에 콩 나듯이 이따금 찾아든다.

"여기가 우리 집이오. 들어갑시다."

무란청 앞에서 대무영이 주루를 가리키며 조금은 자랑스럽게 어깨를 으쓱거렸다. 그는 가난뱅이였던 자신이 가족과 함께 이런 주루를 개업했다는 것을 스스로 생각해도 대견스럽게 여기고 있었다.
　주도현은 정중하게 포권을 했다.
　"그럼 다음에 또 봅시다. 대 형."
　"아니, 이대로 그냥 가겠다는 말이오? 우리 집에서 술을 마시고 묵고 가시오."
　대무영의 얼굴에는 아쉬운 기색이 역력했다.
　"밤늦게 남의 집을 방문하는 것은 결례요."
　주도현이 정중히 거절하자 대무영은 섭섭한 표정을 지었다.
　"주 형. 하나 물어봅시다."
　그는 자못 진지해졌다.
　"나는 주 형이 매우 마음에 드는데 주 형은 날 어떻게 생각하고 있소?"
　단도직입적이다 못해서 저돌적이다. 주도현은 과연 대무영답다는 생각에 엷은 미소를 지었다.
　"나도 대 형이 마음에 드오."
　"그렇다면 우리 친구요?"
　"그렇소."
　대무영은 비로소 안도의 표정을 지으며 환하게 미소 지었다.

"그럼 들어갑시다. 주 형은 어차피 낙양이 객지일 테니 객잔에서 묵어야 하지 않겠소? 우리 집은 방이 많으니까 여기에서 머물도록 하시오."

주도현은 잠시 생각했다. 대무영 말마따나 그는 낙양에서 마땅하게 머물 곳이 없다.

만약 그가 낙양에 왔다는 사실이 알려지면 몇몇 사람이 맨발로 뛰어나와서 자기 집에 묵으라고 소란을 피우겠지만, 그가 이곳에 온 사실은 비밀이다.

그는 무척이나 고귀한 집안의 외동아들이라서 예전에 몇 번인가 집을 떠나 유람을 할 때에는 많은 호위와 하녀, 심지어 숙수들까지 대동하였다.

그리고 여러 대의 마차와 수레들이 전차후옹(前遮後擁)하여 사람들의 접근을 막고 그가 손가락 하나도 까딱하지 않아도 될 정도로 모든 일에 시중을 들었었다.

그러나 이 년 전에 집을 떠날 때에는 뜻한 바가 있어서 집에 서찰 한 장만 달랑 써놓고는 아무도 몰래 강호로 나섰던 것이다.

주도현도 대무영이 마음에 들었다. 어쩌면 대무영이 그를 생각하는 것보다 그가 대무영을 더 좋아하게 됐는지도 모를 정도다.

"그럼 폐를 끼치겠소."

"이런……. 폐 아니라니까?"

"하하……. 알겠소."

주도현이 고개를 끄떡이자 대무영은 신바람이 나서 두 팔을 크게 흔들며 활기차게 주루 안으로 들어갔다.

회계대에 앉아서 대무영이 늦는 것 때문에 몹시 걱정스런 표정으로 주루 입구를 빤히 주시하고 있던 아란은 신바람이 나서 들어서는 대무영을 보고는 벌떡 일어나 반색을 하며 달려왔다.

"무영아! 어딜 갔다가 이렇게 늦은 거야?"

"하하! 늦었습니다. 란 누나."

아란은 대무영 뒤에 서 있는 주도현에게는 눈길조차 주지 않고 풍만한 몸을 흔들며 다가와 대무영을 꼭 안았다. 그녀의 눈에는 대무영밖에는 보이지 않았다.

"너무 늦어서 너에게 무슨 일이 생긴 줄 알고 얼마나 걱정했는지 알아?"

그녀는 대무영 가슴에 얼굴을 묻고는 가늘게 몸을 떨었다. 언제나 예리한 칼날 위에서 생활하는 강호인들은 말 그대로 대문 밖이 저승이다. 언제 어디에서 죽음을 당할지 모르는 인생들이다.

그러므로 밖에 나갔다가 연락도 없이 늦으면 기다리는 가족들은 피가 마른다.

아란의 잔떨림이 대무영에게 고스란히 전해지고 그녀가 얼마나 걱정했는지 짐작할 수 있는 그는 미안함과 훈훈함을 동시에 느꼈다.

그녀를, 그리고 가족을 걱정시켰다는 것이 미안했고, 자신을 이토록 염려해 주는 가족이 있다는 사실이 훈훈했다.

아란이 소리를 지르는 바람에 주방 안에 있던 청향과 청미, 그리고 주루에서 탁자의 요리 그릇을 치우고 청소를 하던 청옥과 용구가 한꺼번에 대무영에게 몰려들었다.

대무영은 아란을 품에 안은 채 약간 과장된 표정으로 웃으면서 모두에게 손을 흔들었다.

"향 누나, 미야, 옥아, 용 형. 나 이제 왔어."

청향과 청미는 설거지를 하느라 젖은 두 손을 행주치마에 닦으면서 얼굴을 붉히며 안도의 표정을 지었다. 그녀들도 몹시 걱정하고 있었던 것이 분명했다.

자매의 막내인 십오 세 청옥은 쭈뼛거리면서 다가와 대무영의 옷자락을 붙잡고 아무 말도 하지 못했다.

그녀는 청향 세 자매 중에서 제일 어린 탓에 수줍어하면서도 대무영을 잘 따르면서 이따금 용기를 내서 말을 건네기도 했다.

대무영은 뒤에 서 있는 주도현을 소개했다.

"여기 이 사람은 내 친구야."

모두의 시선이 그제야 주도현에게 향하더니 눈을 커다랗게 뜨면서 놀랐다.

주도현은 누가 보더라도 귀티가 좔좔 흘러서 이런 평범한 주루에 올 만한 사람이 아니었다.

더구나 그가 대무영의 친구라고 하니까 그 말을 믿는 사람이 아무도 없었다.

주도현하고는 반대로 대무영은 누가 보더라도 촌티가 줄줄 흐르는 영락없는 시골의 사내다.

"처음 뵙겠소. 주도현이오."

주도현이 정중하게 포권을 하며 인사를 하는데도 아무도 입을 열지 않고 쳐다보기만 했다. 그의 헌앙한 모습에 정신이 팔린 것이다.

아란은 두 팔로 대무영의 허리를 끌어안은 자세로 얼굴 가득 놀라움을 떠올린 채 주도현을 바라보고 있는데, 대무영이 그녀를 떼어내며 주도현에게 소개했다.

"이분은 큰누나일세."

"주도현입니다."

통 크고 강심장인 아란조차도 주도현이 자신을 보며 다시 인사를 하자 얼굴을 붉히며 대꾸를 하지 못했다.

대무영은 이번에는 청향의 어깨에 팔을 두르고 친근한 미소를 지었다.

"그리고 이분은 작은누나."

대무영이 처음으로 어깨에 팔을 두르고 게다가 천상인(天上人) 같은 주도현에게 소개까지 하자 청향은 어쩔 줄을 모르고 허둥대다가 깊숙이 허리를 굽혔다.

"청향이에요."

주도현은 아란과 청향을 번갈아 쳐다보면서 여자들의 애간장을 녹일 듯한 아름다운 미소를 지었다.

"큰 누님께선 모란꽃 같은 미인이시고, 작은 누님께선 수선화처럼 청초한 미인이시군요. 못난 동생 주도현이 다시 인사드리겠습니다."

모란과 수선화라는 더할 나위 없는 극찬을 들은 아란과 청향은 가슴이 두근거리고 얼굴이 빨개져서 부끄러워하면서도 행복한 표정을 지었다.

대무영은 그런 두 여자를 보면서 빙그레 웃었다.

"큰누나와 작은누나가 이렇게 부끄러워하는 모습은 처음 보는군."

그 말에 아란과 청향은 양쪽에서 대무영을 꼬집고 어깨를 두드리며 더욱 부끄러워했다.

그는 이어서 청미와 청옥을 양팔로 안듯이 어깨를 두르고 소개했다.

"이 아이들은 귀여운 여동생일세."

주도현은 예의 심금을 뒤흔드는 미소를 지었다.

"그야말로 부용(芙蓉)과 작약(芍藥)의 미모로군. 나는 외동아들이라서 외로웠는데 대 형은 이런 어여쁜 여동생이 둘이나 있다니 정말 부럽소."

단순한 대무영은 얼른 청미와 청옥을 이끌고 가서 주도현의 양쪽에 서게 하고 그의 두 팔을 들어 그녀들의 어깨를 감싸도록 했다.

"주 형은 내 친구니까 이 아이들은 주 형의 여동생이나 다름이 없소."

엉겁결에 일어난 일이라서 주도현은 적잖이 당황했고, 청미나 청옥은 얼굴이 하얗게 질려서 숨을 멈추었다.

"미야, 옥아. 너희는 앞으로 주 형을 친오빠처럼 잘 대해야 한다. 알았지?"

십칠 세, 십오 세의 두 소녀는 심장이 멎을 만큼 놀라서 가녀린 몸을 바들바들 떨었다.

주도현은 그녀들이 떠는 것을 느끼고는 두 팔에 부드럽게 힘을 주어 살짝 안았다.

"환과고독(鰥寡孤獨)한 내게 두 분의 누님과 두 여동생이 생겼으니 너무 기뻐서 말이 나오지 않는군요. 앞으로 여러분께 잘할 테니 예쁘게 봐주십시오."

주도현은 대무영이 기대했던 것보다 백배나 더 잘해주었다.

"누나들. 우리 배고픈데 먹을 것 좀 있어요?"

"그래? 잠시만 기다려! 천하에서 가장 맛있는 요리를 즉시 해줄 테니까!"

"맡겨주세요!"

아란은 물론 숫기 없는 청향마저도 씩씩하게 외치고는 쏜살같이 주방으로 달려 들어갔다.

대무영은 용구와 함께 주도현을 데리고 주루 뒷문을 통해서 자신의 방으로 향했다.

대무영은 용구가 친구이기 때문에 따로 주도현에게 소개할 생각이다.

그들이 방에 들어가서 자리를 잡고 앉기도 전에 인기척을 느낀 북설이 득달같이 들이닥쳤다.

"야! 조장! 도대체 어딜 싸돌아다니다가 이제야……."

그녀는 들어서면서 천둥처럼 큰 소리로 외치다가 낯선 사람이 있는 것을 발견하고는 말을 흐렸다.

"……."

그리고는 주도현을 보면서 그 자리에 굳어버렸다. 얼굴 가득 귀신을 본 듯한 표정을 떠올리고, 입을 반쯤 벌렸으며 눈을 커다랗게 뜨고 있는 모습은 평소에 한 번도 보여준 적이 없는 것이었다.

그녀가 놀라고 있는 것은 누구하고도 비길 데 없는 준수한 주도현의 용모 때문만이 아니다.
그의 전신에서 풍겨지고 있는 뭐라고 형언하기 어려운 기도와 기품에 주눅이 든 것이다.
주도현은 북설 역시 대무영의 가족 중 한 사람이라고 짐작하여 엷은 미소를 지으며 대무영에게 물었다.
"대 형. 이 아름다운 분은 누구시오?"
자고로 칭찬에 약한 것이 여자라서 그는 주루에서 아란과 청향 등에게 했던 찬사를 이곳에서도 이었다.
"아… 그녀는……."
대무영은 대답이 궁했다. 오룡방 조장 시절에 그녀는 수하였으나 지금은 아니다. 그렇다고 친구도 아니다.
"내 싸움 관리인이오."
그래서 할 수 있는 최선의 대답이 그거였다.
총명한 주도현은 자세한 것은 모르지만 그녀가 대충 어떤 존재인지, 그리고 그녀를 꽃에 비유하지 않아도 된다는 사실을 알아차렸다.
"주도현이오."
주도현이 포권을 하자 북설은 퍼뜩 정신을 차렸다. 하지만 그녀는 곧 본연의 자신을 되찾고 무뚝뚝하게 말했다.
"북설이에요."

대무영은 이번에는 용구를 소개했다.

"이쪽은 내 친구요."

아까부터 주도현의 기상에 잔뜩 억눌려 있던 용구는 자신의 차례가 오자 크게 당황하여 어쩔 줄 몰랐다.

"요, 용구입니다."

용구는 주도현을 보는 순간 자신들하고는 하늘과 땅 차이로 신분과 격이 다른 사람이라는 것을 알아보았다.

그것은 북설이나 아란, 청향 등도 마찬가지였다. 다만 대무영만 모르고 있을 뿐이다.

아니면 알면서도 천진난만한 성격 탓에 그런 것을 전혀 개의치 않는 것인지도 모른다.

주도현은 대무영이 처음으로 친구라고 소개한 용구를 자세히 보면서 과연 대무영에 걸맞은 뛰어난 점이 있는지 살펴보았으나 그저 평범한 촌부(村夫)라고 판단했다.

"주도현이오."

第十五章
무뢰한(無賴漢)

아란과 청향은 자신들이 말한 것 이상으로 최고의 요리와 술을 갖고 와서 탁자에 가득 차려놓았다.

청미와 청옥은 그럴 필요가 없는데도 요리 접시 하나씩을 들고 따라왔다.

네 여자는 요리와 술을 다 차려놓고서도 한쪽에 나란히 서서 한참이나 주도현을 쳐다보다가 아쉬운 표정을 지으면서 돌아갔다.

대무영과 주도현, 용구, 북설 네 사람은 대화를 나누면서 요리와 술을 먹고 마셨다.

대무영은 평소 과묵한 편이지만 오늘은 주도현이라는 멋진 친구를 만나게 돼서 기분이 좋아 수다스러울 정도로 말이 많아졌다.

그와 용구가 주거니 받거니 대화를 하고 주도현은 담담히 미소를 지으며 듣고 있으며, 북설은 입을 꼭 다문 채 경계의 눈빛으로 주도현을 힐끗거리면서 살폈다.

북설은 주도현이 필경 대단한 인물일 것이라고 짐작했으나 그의 이름을 처음 들어보았다.

그녀는 돈을 벌기 위해서 오룡방에서 이 년 가까이 파묻혀 있었기 때문에 지난 이 년여 동안 강호에서 큰 명성을 얻은 신진고수 추풍신룡 주도현에 대해서 들어보지 못한 것이 당연했다.

어쨌든 그녀는 주도현을 허여멀끔하게 생긴 외부인이라고 생각했다.

외부인이 자신들에게 끼어들어서 함께 어울리는 것이 거북하고 싫었다.

그런데 대무영과 용구의 주된 대화가 화무관에서의 싸움에 대한 내용이어서 북설은 잔뜩 신경이 곤두섰다.

자신이 돈을 받고 대무영을 싸움시키는 것이 주도현에게 알려지는 것이 께름칙하기 때문이다. 사실 그녀는 돈이라면 봉시장사(封豕長蛇) 돼지나 뱀처럼 탐욕스럽지만 최소한의 양심은 있었다.

"그만해."

북설은 술잔을 만지작거리면서 두 사람의 대화를 잘랐다.

"화무관 얘기는 그 정도로 해."

"그럼 무슨 얘기 할까?"

"지금까지 조장이 살아온 얘기나 해보는 게 어때?"

"어… 그거?"

대무영은 머리를 긁적였다.

"뭐 할 만한 얘깃거리가 없어."

"그래도 해봐. 궁금해."

사실 그것에 대해서는 북설이나 용구, 주도현 모두 몹시 궁금했었는데 이 기회에 들을 수 있을지 모르겠다며 잔뜩 기대하고 있었다.

대무영은 잠시 뜸을 들이면서 술 한 잔을 마셨다. 그의 과거는 딱히 비밀이라고 할 것도 없다. 그렇다고 창피하거나 숨길 만한 것도 아니다.

"그러니까 나는……."

이윽고 그렇게 말문을 열기 시작한 그는 자신이 기억하고 있는 과거의 일들을 차근차근 설명하기 시작했다.

대무영의 그다지 길지 않은 설명이 끝나자 실내에 고요한 침묵이 흘렀다.

세 사람은 대무영이 그처럼 가혹한, 그리고 가난에 찌든 삶을 살았을 줄은 전혀 예상하지 못했었다.

북설이나 용구는 가난이 싫어서 돈을 벌겠다면서 무술을 배우고 지금 여기까지 와 있지만 대무영에 비하면 오히려 행복한 삶을 살아온 것 같았다.

북설과 용구는 자신들이 처절할 정도로 가난한 삶을 살았다고 생각했었는데 대무영의 가난은 그보다 몇 배는 더 궁핍하기 짝이 없었다.

더구나 그는 아버지의 얼굴도 모른 채 홀어머니와 함께 살면서 철이 들기도 전에 거리로 나가 돈을 벌었다.

그러나 끝내 그의 유일한 가족이었던 홀어머니마저 병으로 세상을 뜨고 말았다.

어머니는 죽기 전에 겨우 열 살짜리 아들 대무영에게 아버지를 찾으라는 유언을 남겼다.

그래서 대무영은 무사인 아버지를 찾으려면 강호에서 이름을 날려야만 한다고 생각했으며, 그 불가능할지도 모르는 목표를 이루기 위해서 천하에서 가장 강한 문파라는 소문만 듣고 소림사를 찾아갔다.

그가 태어나서 열 살까지 살면서 한 번도 벗어난 적이 없었던 호북성 정항이라는 촌마을에서 하남성 숭산까지는 장장

칠천여 리의 어마어마한 여정이다.

그 길을 열 살짜리 어린 꼬마가 몇 달이나 걸려 걸어서 간신히 숭산에 도착했었을 것이라는 사실만 생각해도 세 사람은 가슴이 먹먹해졌다.

하물며 도합 팔 년여 동안 숭산과 무당산, 화산에서 산사람처럼 거칠게 살면서 무술을 훔쳐 배웠던 고생은 그보다 몇 배는 더 힘겨웠을 터이다.

특히 주도현은 가슴속에 커다란 바위가 하나 가득 들어찬 듯 갑갑하고 큰 충격을 받았다.

그는 검법 수행을 떠나기 전 십구 년 동안 구중궁궐 으리으리한 저택에서 많은 사람의 떠받듦을 받으며 호의호식하며 살아왔기 때문에 세상 사람들이 얼마나 어렵고 험난하게 사는지 전혀 알지 못했었다.

그런 그가 이 년여 동안 검법 수행을 하며 천하를 주유하면서 비로소 백성들의 세상살이가 얼마나 각박한지 조금쯤은 눈을 뜨게 되었다.

그런데 방금 대무영의 그리 길지 않고 또 구체적이지도 않은 과거를 듣고 나니까 과연 그처럼 비참하게 사는 사람도 있는가 하는 충격에서 쉬이 벗어날 수가 없었다.

더구나 그가 제대로 사부를 모시지 않고 어떤 무공서를 보지도 않은 상태에서 소림사와 무당파, 화산파에서 무술을 훔쳐 배웠다는 사실이 가장 충격적이었다.

대무영은 주도현과 백중지세를 이루었다. 아니, 주도현은 대무영이 전력을 다하면 자신보다 반 수 정도 고수라고 판단했었다.

그런데 그 실력이 팔 년여 동안 세 곳의 문파에서 몰래 훔쳐 배웠다니 믿어지지 않는 것을 넘어서 차라리 존경심마저 생겼다.

그러면서도 대무영의 성격이 한 올의 구김살도 없이 해맑고 순수하다는 것이 기적처럼 여겨졌다.

용구는 대무영에게서 동변상련을 넘어선 가없는 존경심이 생겨났다.

그처럼 어려운 환경에서도 훌륭한 무술을 완성했으며 또한 언제나 해맑은 성품이기 때문이다.

북설은 대무영을 이용해서 땅 짚고 헤엄치는 것 같은 공돈을 번다는 사실에 양심의 가책을 느꼈다.

그러나 주도현은 전혀 다른 것을 깨달았다. 대무영이 자신보다 훨씬 더 훌륭한 사람이라는 사실을 인정하지 않을 수가 없었다.

구태여 여러 이유를 들지 않아도 대무영과 자신은 비교 자체가 되지 않았다.

"대 형."

한참만에야 주도현이 조용히 입을 열었다.
"나는 대 형의 좋은 친구가 되고 싶소."
"하하하! 고맙소. 주 형. 한잔합시다."
대무영은 주도현의 잔에 넘치도록 술을 따라주며 해맑은 웃음을 터뜨렸다.

* * *

대무영의 일상에 큰 변화가 찾아왔다. 새로 친구가 된 주도현이 한 지붕 아래에서 묵고 있기 때문이다.
주도현은 낙양에서의 볼일이 끝났기 때문에 계속 검법 수행을 떠나야 하는데 벌써 닷새째 대무영의 집에 머물고 있는 중이다.
대무영이 좀 더 머물다 가라고 붙잡았기 때문이지만, 주도현 자신도 시간이 지날수록 대무영이 마음에 들어서 쉽사리 떠나지 못했다.
이제 먼 길을 떠나면 언제 또다시 만날 수 있을지 기약이 없기 때문이다.
지난 닷새 동안 주도현은 언제나 대무영과 함께 그림자처럼 붙어 다녔다.
이틀에 한 번 꼴로 화무관에서 벌어지는 도전자들과의 대결에도 참가하여 대무영이 싸우는 광경을 지켜보았다.

하지만 그는 대무영의 싸움에 대해서는 어떤 간섭도 충고도 하지 않고 지켜보기만 했다.

물론 그가 싸움을 돈벌이로 삼는 것에 대해서도 좋다 나쁘다 일체 함구했다.

두 사람은 아침에 눈을 뜨면 가족들과 함께 둘러앉아서 정답게 식사를 했으며, 이후에는 차를 마시거나 강가를 산책하면서 담소를 나누었다.

주도현은 원래 과묵한 편이지만 대무영을 위해서 자신이 이 년 동안 천하를 주유하면서 보고 겪었던 일들을 기꺼이 설명해 주었다.

대무영은 주도현의 경험담이 너무 실감나서 마치 자신이 직접 체험한 것 같은 착각마저 느꼈다.

도대체 주도현은 모르는 게 없어서 대무영은 그의 얘기를 들으며 끝없이 감탄을 연발해야만 했다.

그렇지만 주도현은 아무 말이나 막 하지 않았으며 대무영에게 도움이 될 만한 얘기만 했고, 해가 될 만한 내용은 아예 얘기도 꺼내지 않았다.

특히 주도현 자신이 쟁천십이류의 후선과 싸워서 이겼으며 또한 자신의 실력이 존야나 왕광 수준일 것이라는 얘기는 근처에도 가지 않았다.

자화자찬이기 때문이 아니라 그런 얘기를 하게 되면 대무영이 당장 존야나 왕광을 찾아나서 싸우겠다고 설칠까 봐 염려가 됐다.
주도현이 보기에 대무영은 깊은 연못 속에서 웅크리고 있는 잠룡(潛龍)이 분명하다.
그러므로 언젠가는 대무영이라는 잠룡이 못을 뛰쳐나와 드높은 창공으로 승천하는 비지중물(非池中物)의 때를 맞이하게 될 것이다.
그러기 위해서 대무영은 많은 경험이 필요하다. 주도현에게 귀로 듣고 대신 경험하는 남의 경험이 아니라, 자신만의 뼈를 깎는 진실한 경험 말이다. 그래야지만 진정한 고수로 성장할 것이다.
비록 두 사람이 함께 지낸 날은 닷새 밖에 안 됐으나 마치 몇 년 동안 절친하게 사귄 친구처럼 돼버렸다.

칠 일째 아침, 하남포구에서 주도현은 강을 건너는 배에 오르려 하고 있었다.
주도현이 떠나는 날 대무영네 가족은 북설과 노부모를 제외하고 모두 그를 배웅하러 포구에 나왔다.
아란과 청향은 꼭두새벽에 일어나서 몇 가지 요리를 정성껏 만드느라 부산을 떨었다. 먼 길을 떠나는 주도현이 중간에 먹게 하기 위해서다.

　주도현은 손에 무엇인가를 들고 다니는 것을 싫어하는 홀가분한 성격이지만 아란과 청향이 쥐어주는 묵직한 보따리를 기꺼이 받았다.

　그것은 그냥 음식이 아니라 아란과 청향의 지극한 정성이기 때문이다.

　대무영과 주도현은 아까부터 서로 두 손을 맞잡은 채 떨어질 줄을 모르고 있다.

　주변에 있는 사람들이 두 사람을 보고는 남자끼리 사귄다고 오해를 할 정도로 그들의 별리(別離)는 남다르고 애간장이 끊어질 듯했다.

　"대 형. 편지하리다."

　"곤란한 일이 있으면 언제든지 연락하시오. 무슨 일이 있어도 달려가겠소."

　"알겠소."

　고개를 끄떡이고 나서 대무영은 품속에서 무언가를 꺼내 주도현의 손에 슬며시 쥐어주었다.

　그것은 하나의 묵직한 주머니인데 주도현이 열어보자 금화 한 냥과 은자가 수북하게 담겨 있었다.

　주도현은 그 금화가 칠 일 전에 대무영하고 대결을 할 때 도전을 하는 대가로 준 것이라는 사실을 알았다.

하지만 오십 냥은 족히 됨직한 수북한 은자가 무엇인지 알 수 없었다.

"여비에 보태 쓰시오."

빙그레 미소 짓는 대무영을 보는 순간 주도현은 가슴이 찡하게 아려왔다.

사실 주도현네 집안은 어마어마한 부자다. 그리고 그는 수만 냥에 해당하는 북경전장의 전표와 금화를 갖고 있기 때문에 돈에는 구애를 받지 않는다.

하지만 그는 대무영이 준 돈을 너무도 감사히 받았다. 그것은 그저 돈이 아니다. 대무영의 깊은 '우정'인 것이다.

그 돈이 대무영이 화무관에서 도전자들에게서 받은 것이라고 짐작하는 주도현은 그 은자 오십 냥이 자신이 지니고 있는 수만 냥보다 더 소중하게 여겨졌다.

그러나 그는 대무영에게 느끼는 감정을 구태여 말로는 표현하지 않았다. 진실한 우정은 말이 아니라 가슴속에 있는 것이다.

"대 형. 이것을 간직해 주시오."

주도현이 갑자기 목에서 무언가를 풀어 대무영의 손에 쥐어주었다.

"이게 뭐요?"

"영락(瓔珞)이오."

무식한 대무영이다.

"영락이 무엇이오?"

주도현은 엷은 미소를 지었다.

"목걸이요."

대무영이 자신의 손바닥을 보자 투명하고 푸르스름하게 반짝이는 가느다란 줄에 손가락 반 정도 길이의 아주 작은 금검(金劍)이 매달려 있었다.

또한 금검에는 황룡(黃龍)이 양각(陽刻)되었는데 당장에라도 황룡이 튀어나올 것처럼 정교했다.

보석이나 장신구에 대해서는 절대로 문외한인 대무영이지만 이 목걸이가 매우 아름다우며 또 진귀한 물건이라는 것을 짐작할 수 있었다.

"어천(御天)이라는 이름을 갖고 있소."

"어천……."

주도현은 대무영이 또 어천이 뭐냐고 물을 것을 알고 빙그레 미소 지었다.

"하늘에 오른다는 뜻이오."

"아……."

"이걸 묶고 푸는 방법은……."

주도현은 풀려 있는 줄을 만지작거리면서 설명해 주었다.

"여기 왼쪽 세 번째 돌기를 먼저 누르고 다음에는 오른쪽

네 번째, 그다음에는……."

"복잡하군."

"어렵소?"

"다 외웠소."

"해보시오."

대무영은 주도현이 보는 앞에서 줄을 만지작거리며 풀었다가 연결하는 것을 반복해서 보여주었다.

"보잘 것 없는 것이지만 내가 갖고 있는 것 중에서 가장 소중한 것이오."

주도현은 손수 대무영의 목에 목걸이를 연결해 주었다.

목걸이의 줄은 대무영의 굵은 목에 딱 맞았다. 그리고 아래쪽에 금검이 대롱거렸다.

대무영은 금검을 만지작거리며 단호한 표정을 지었다.

"죽을 때까지 풀지 않겠소."

"하하……. 그렇게까지 하지 않아도 되오."

주도현은 명랑하게 웃었으나 대무영이 정말 죽을 때까지 목걸이를 풀지 않을 것이라는 사실을 알고 있었다.

뱃사공이 출발한다고 소리를 지를 때에야 대무영은 주도현을 겨우 놔주었다.

보내는 대무영도 떠나는 주도현도 아쉬운 표정으로 서로를 바라보며 손을 흔들었다.

여린 청향과 청미. 청옥은 눈물을 흘렸으며, 아란은 대무영의 어깨를 감싸고 위로했다.

그리고 용구는 남다른 결심을 했다. 자신도 불철주야 노력해서 주도현처럼 훌륭한 사내가 되어 대무영의 친구로서 부끄럽지 않아야겠다고 말이다.

*　　*　　*

주도현이 떠난 다음 날 대무영도 집을 나섰다.

목적지는 낙양에서 동쪽으로 사십여 리 떨어져 있는 언사현이라는 곳이다.

쟁천십이류의 열한 번째 등급 공부의 한 사람인 복마도 삼중연을 꺾어서 공부증패를 취하는 것을 이번에 결행하려는 것이다.

그는 주도현을 만난 이후에 자신의 목표에 대해서 가일층 매진해야겠다고 마음먹었다.

주도현에게 들은 천하와 세상은 너무도 크고 넓었으며 협객과 영웅, 그리고 기인이사들이 수두룩했다.

많은 사람은 높은 산이나 강, 바다 등 대자연을 보면서 호연지기(浩然之氣)를 키우는데, 그는 주도현을 만나서 장대한 호연지기를 얻은 것이다.

대무영은 주도현을 만난 이후 강호에 크게 이름을 날리겠다는 포부가 한층 확고해졌다.

원래는 그 목적이 무사인 아버지를 찾는 것이었으나 지금은 개인적인 야망이 더해진 상태다.

사내대장부로 태어나서 천하에 이름을 떨쳐 보겠다는 야망이 가슴속에서 활활 타오르고 있었다.

난데없이 불쑥 길을 떠나겠다고 하는 대무영을 아무도 말리지 못했다.

새로 가족이 되어 사십여 일 남짓 함께 생활을 했다고 아란과 청향 자매, 그리고 청향의 아이들, 즉 조카들까지도 눈물을 흘리면서 몸조심하라는 둥 온갖 당부를 했다.

북설은 뭐가 못마땅한지 입이 한 발이나 튀어나와 쓰다 달다 말도 하지 않았고, 대무영이 떠나는데 코빼기도 내비치지 않았다.

대무영은 그녀가 화무관의 대결, 즉 돈벌이를 하지 못하게 돼서 그러는 것이라고 짐작했다.

그동안 화무관에서의 대결은 총 열두 번을 치렀으며 도전료와 구경 값으로 벌어들인 돈이 은자로 무려 오천 냥이나 됐다.

북설은 은자 한 냥까지도 정확하게 절반으로 나누어 대무영 몫이라고 챙겨주었다.

그게 벌써 이천오백 냥이나 모였다. 그래서 대무영은 그걸 모두 낙양에서 가장 신용이 좋다는 용성전장(龍星錢莊)이라는 곳에 맡기고 여비로는 은자 이십 냥만 갖고 왔다. 언사현까지 다녀오는 것이라서 그 정도면 충분했다.

아란과 청량 등은 주루를 운영하고 있으며 연일 손님이 들끓어서 돈을 갈퀴로 긁듯이 벌어들이고 있다. 그러니 더 이상 그녀들에게 돈을 주는 것은 무의미하다고 생각해서 전장에 맡긴 것이다.

나중에 돈이 많이 모이면 용구에게도 한밑천 크게 뚝 떼어 줄 생각이다.

용구는 친구이자 가족이다. 또한 대무영이 수련을 마치고 세상에 나와서 가장 먼저 사귄 소중한 사람이다. 절대 그를 소홀히 할 수는 없다.

낙양에서 개봉까지 동쪽으로 황하를 끼고 곧게 뚫린 관도를 따라서 가다 보면 언사현이 나온다.

수레 다섯 대가 한꺼번에 지나가도 될 만큼 폭이 넓은 관도에는 각양각색의 수많은 사람과 마차, 수레 따위가 오가고 있다.

대무영은 언사현까지 쉬지 않고 전력으로 달릴 수 있는 체력을 지니고 있으나 바쁘지 않기 때문에 관도 가장자리를 따라서 주변의 경치를 구경하며 규칙적인 보폭으로 여유 있게 걸어가고 있었다.

우두두두—

그때 뒤쪽에서 지축을 울리는 육중한 음향이 들려왔다.

대무영이 뒤돌아보니 저 멀리에서 여러 필의 인마(人馬)가 흙먼지를 뽀얗게 일으키면서 질주해 오고 있었다.

대무영은 다시 앞쪽을 보다가 관도 복판으로 사람들과 수레들이 오가는 것을 발견하고는 달려오는 인마 때문에 좀 위험하다는 생각이 들었다.

관도의 사람들은 마구 뒤엉킨 것이 아니라 왼쪽으로는 오는 사람들, 오른쪽으로는 가는 행렬이 물 흐르듯이 순조롭게 진행하고 있었다.

그 복판을 여러 필의 인마가 미친 듯이 질주를 하면 필경 무슨 사고가 벌어질 것만 같았다.

조금 염려가 되어 다시 뒤쪽을 쳐다보니까 아니나 다를까 관도의 사람들이 놀라서 분분히 가장자리로 물러나느라 야단법석이었다.

방금 전에는 저 멀리에서 달려오던 인마들이 지금은 오십여 장까지 달려오고 있었다.

그들의 기마술은 매우 솜씨가 좋아서 관도에 꽤 많은 행인들이 오가는데도 아무도 다치지 않았다.

대무영의 시선이 자연스럽게 마상의 인물들에게 향했다.

인마는 모두 다섯 필이며, 선두에 둘, 뒤에서 셋이 따르고 있었다.

선두의 두 명은 일남일녀로서 소녀와 청년인데 남녀 모두 백의 경장에 검을 멨고, 일견하기에도 명문대가의 고귀한 신분인 듯했다.

두두두둑!

대무영은 다시 앞을 보면서 걸었다. 관도 복판의 사람들과 수레들이 서둘러 양쪽으로 비키고 있었다.

관(官)이나 강호인들에게 백성들 목숨은 파리 목숨이나 다름이 없다.

만약 지금 같은 상황에서 제때 피하지 못하여 강호인들이 탄 말에 재수없이 짓밟혀서 죽으면 아무런 보상도 받지 못하고 자기만 손해다.

관도에서 행인들이 양쪽으로 물러서는 광경은 마치 논에서 메뚜기 떼가 한꺼번에 날아오르는 것 같았다.

"으앙!"

그런데 그때 사람들이 흩어지고 있는 곳에서 어린아이의 날카로운 울음소리가 터졌다.

대무영의 눈에 관도 한가운데 땅바닥에 엎어져서 맹렬하게 울고 있는 서너 살짜리 여자아이의 모습이 보였다. 행렬이 관도 양쪽 가장자리로 급히 흩어지는 상황에 누군가 여자아이를 놓친 것 같았다.

대무영은 급히 뒤돌아보았다. 다섯 필의 말은 이미 여자아이의 오 장까지 쇄도하고 있었다.

그때 엄마로 보이는 한 여자가 관도 가장자리에서 여자아이의 이름을 부르면서 미친 듯이 달려갔다.

콰두두둑!

말들은 이제 대무영의 옆을 스쳐 지나려 하고 있었다. 잠시 후 모녀가 질풍처럼 질주하는 말들의 말발굽에 짓밟혀서 온몸이 으깨어질 것은 명약관화한 사실이다.

힐끗 선두의 일남일녀를 쳐다보니 그들은 뒤늦게 모녀를 발견하고 움찔 놀라고 있었다.

그러나 제아무리 말을 모는 기술이 뛰어나다고 해도 불과 이삼 장 거리에서 방향을 바꾸거나 말을 급히 멈출 수는 없는 노릇이다.

그 순간의 대무영은 모녀를 살려야 한다는 것 오로지 그것만 생각했다.

죽은 그의 어머니도 어린 대무영이 이런 상황에 처했으면 자신의 생사를 돌보지 않고 아들을 구하려고 달려들었을 것이다. 그러므로 이것은 남의 일이 아니다.

슈욱!

무뢰한(無賴漢) 111

관도 가장자리에 있던 대무영은 땅을 박차고 선두의 말을 향해 돌진했다.

퍽!

히히힝!

"앗!"

그의 어깨가 말의 옆구리를 거세게 들이받았다. 말은 엄청난 힘에 확 밀려서 그 옆에서 달리던 말과 부딪쳐 두 마리가 비스듬히 관도 맞은편 허공으로 날아갔다.

그 순간 마상의 일남일녀는 갑작스런 변고에 놀라서 허공으로 몸을 솟구쳤다.

대무영은 두 마리 말을 들이받자마자 왼쪽으로 방향을 꺾어 튀어 오르며 뒤에서 달려오던 세 마리 말 중에 가운데 말의 목을 두 손으로 틀어잡고 힘으로 멈추게 했다.

목이 붙잡힌 말은 머리가 앞으로 고꾸라지면서 뒤쪽이 붕 떠올랐다. 그 바람에 마상의 경장사내는 앞쪽으로 쏜살같이 튕겨 나갔다.

우두두둑!

나머지 두 필의 말은 땅바닥에 여자아이를 안은 채 겁에 질려 있던 엄마의 양 옆으로 스쳐 지나갔다.

쿵! 쿵!

대무영에게 들이받힌 두 마리 말은 관도 밖 밭두렁에 나동그라졌다.

　질주하는 말을 들이받아서 두 마리나 허공으로 날려 보냈으니 괴력이라고 할 수 있다.

　선두의 일남일녀와 앞으로 튕겨 나갔던 경장사내는 앞쪽 관도에 사뿐히 내려섰다. 몸놀림으로 미루어 평범한 강호인들이 아닌 듯했다. 갑자기 벌어진 사고에도 그들의 대처는 의연했다.

　대무영은 목을 붙잡았던 말을 땅에 내려놓고 부드럽게 갈기털을 쓰다듬었다.

　놀란 말은 앞발을 들고 흥분했으나 다친 곳이 없는 듯 곧 잠잠해졌다.

　대무영은 땅바닥에 주저앉아 있는 모녀에게 다가가 한쪽 무릎을 꿇고 부드럽게 미소 지었다.

　"다친 곳은 없소?"

　"아아……."

　여자는 상황을 제대로 보지 못했으나 본능적으로 대무영이 자신들을 구했다는 사실을 깨닫고 놀란 얼굴로 그를 쳐다보다가 황급히 그 자리에 엎드려 절을 했다.

　"고맙습니다… 고맙습니다……."

　그녀는 흐느끼면서 그 말밖에 하지 못했다. 힘없는 백성이 그 말밖에는 달리 할 말이 없을 터이다.

대무영은 그 옆에서 울고 있는 여자아이의 머리를 쓰다듬으면서 한쪽 눈을 찡긋 하며 익살스러운 표정을 지었다. 그러자 여자아이는 곧 울음을 멈추고 재미있다는 듯 그를 말끄러미 바라보았다.

퍽!

순간 대무영은 오른쪽 어깨에 강한 충격을 받고 그대로 땅바닥에 나뒹굴었다.

그는 조금도 아프지 않았기 때문에 신음도 흘리지 않았다. 다만 강한 힘에 밀려서 땅바닥을 한 바퀴 구른 후에 벌떡 일어섰다.

그의 앞으로 다섯 필 말 중에서 선두에 타고 있던 일남일녀가 천천히 다가왔다.

그 뒤로는 세 명의 경장사내가 기세등등한 모습으로 따라오고 있었다.

"웬 놈인데 우릴 습격한 것이냐?"

창!

가까이 다가온 백의청년이 무섭게 쏘아보면서 검을 뽑아 대무영의 가슴을 찌를 듯이 겨누었다. 대무영이 자신들을 습격한 것으로 오해한 듯했다.

"그만해요! 사형!"

그 옆의 백의소녀가 급히 손을 들어 만류했다.

"상(祥)매! 이놈이 방금 전에 우릴 습격한 것을 보고서도 말리는 거야?"

백의소녀는 한쪽 옆 땅바닥에 주저앉아 겁먹은 표정을 짓고 있는 모녀를 쳐다보면서 맑은 계류가 흘러가는 듯한 싱그러운 목소리로 설명했다.

"저들을 구하려고 한 일이에요."

"음! 그런가?"

백의청년은 알겠다는 듯, 그러나 조금은 못마땅한 듯한 표정으로 검을 거두었다.

사실 그는 자신들이 질주하고 있는 앞쪽에 모녀가 있는 것을 봤다.

하지만 그냥 깔아뭉갤 생각이었다. 백성의 목숨을 파리처럼 여기기 때문이다.

백의청년의 검파 끝 고리에는 네 뼘 길이의 오색수실이 늘어져 있으며 윗부분에는 '공(公)'이라는 한 글자가 푸른 글씨로 선명하게 수놓아져 있었다. 즉, 그 수실은 공루(公縷)인 것이다.

그로 미루어 백의청년은 쟁천십이류의 열한 번째인 공부인 것이 분명하다.

원래 대무영은 어깨의 목검 손잡이에 명루를 달고 있었으나 강호인들이 하도 귀찮게 해서 떼어냈다.

무뢰한(無賴漢)

북설은 명루를 달고 있어야 선전이 된다면서 한사코 목검에 달라고 했으나 대무영의 고집을 꺾지는 못했었다.

대무영의 명루는 두 뼘 길이였으나 백의청년의 공루는 네 뼘이나 됐다.

무기의 손잡이에 묶는 쟁천표루는 무림청에서 정식으로 발급하는 것이 아니라 쟁천십이류를 획득한 강호인들이 멋을 내기 위해서 제멋대로 만들어서 달고 다니는 것인데 현재는 그게 유행이 된 상황이다.

백의청년은 자신이 쟁천십이류의 공부라는 사실을 더 자랑하고 싶어서 수실의 길이를 네 뼘이나 길게 한 것이다.

그러나 대무영은 백의청년에게 눈길조차 주지 않기 때문에 그의 검파에 공루가 매달려 있다는 사실을 알지 못했다.

백의소녀는 관도 한가운데 주저앉은 채 미처 피하지 못한 모녀를 발견하고는 크게 놀라 급히 말을 멈추려고 했으나 뜻대로 되지 않았다.

그녀는 시기적절하게 손을 써서 모녀를 구해준 대무영을 크고 흑백이 또렷한 눈으로 바라보았다.

그런데 지금 이 순간 대무영은 어쩐 일인지 백의소녀의 얼굴에서 시선을 떼지 못하고 있었다.

그는 우두커니 서서 헤벌쭉한 표정에 마치 꿈속을 헤매는 듯 몽연한 눈빛을 하고 있었다.

'정말 닮았다…….'
 그 이유는 간단했다. 백의소녀의 용모가 누군가와 너무 닮았기 때문이었다.
 이것은 전혀 예상하지 않았던 뜻밖의 사건이다. 만약 대무영이 거리를 걸어가다가 아름다운 여자와 조금 특이한 모양의 조약돌을 동시에 발견한다면 그는 두말하지 않고 조약돌을 주워 들 것이다.
 그 정도로 그는 여자를 돌보듯이, 아니, 돌보다 못하게 여겼었다. 아예 여자에겐 관심조차도 없었다.
 십칠팔 세 정도 나이의 백의소녀는 정말로 눈이 부신다는 표현이 적합할 정도로 아름다웠다.
 그녀가 강호인이라면 필경 강호에서 대단한 미명(美名)을 날리고 있을 터이다.
 마치 미인을 표현할 때 흔히 사용하는 월궁항아가 하강했다는 말이 실감날 정도였다.
 그렇지만 대무영은 달랐다.
 '어머니와 너무 닮았다…….'
 백의소녀의 부드러운 눈매와 금방이라도 환한 미소를 지을 것 같은 입매가 어머니와 빼쏜 것처럼 닮았다.
 그는 백의소녀의 미모에 넋이 나간 것이 아니라 그녀가 어머니를 너무 많이 닮아서 정신이 반쯤 나간 것이었다. 여북하면 그녀를 처음 본 순간 어머니로 착각을 했겠는가.

대무영이 빤히 주시하자 백의소녀는 살짝 얼굴을 붉히며 눈을 내리깔았다.

반면에 그 옆의 백의청년은 발끈 화가 치밀었다. 그렇지 않아도 대무영 때문에 여러 모로 성질이 나는 판국에 그가 백의소녀를 무례할 정도로 뚫어지게 주시하자 기어코 불같은 성질이 폭발하고 말았다.

"이놈!"

퍽!

백의청년은 다짜고짜 발로 대무영의 복부를 걷어찼다. 그는 항상 말보다 행동이 앞서는 듯했다.

백의소녀를 쳐다보느라 정신이 팔려 있던 대무영은 복부를 거세게 걷어 채여 뒤로 붕 날아갔다가 모질게 땅바닥에 나뒹굴었다.

백의청년은 처음부터 대무영이 못마땅했기 때문에 이번에는 처음보다 한층 더 공력을 실어서 발길질을 했다. 그래서 제 생각에는 대무영이 최소한 내장이 터져 폐인이 되거나 즉사할 수도 있을 것이라 짐작했다.

설혹 그렇더라도 그는 아무렇지도 않았다. 사매인 백의소녀가 뭐라고 하면 대무영이 너무 허약해서 그랬다고 둘러대면 그뿐인 것이다.

그런데 대무영은 마치 풀잎에 스치기라도 한 듯 아무 일도 없었다는 듯 옷을 털면서 부스스 일어났다.

'저 자식이?'

그걸 보고 백의청년의 눈이 쭉 째졌다. 그는 제법 준수한 용모에 헌칠한 체구이며 강호인으로서 할 수 있는 한 온갖 멋을 낸 모습이었다.

그는 자신의 칠 성 공력이 실린 발길질에 복부를 정통으로 걷어채이고도 태연하게 일어서는 대무영을 보고 뭔가 잘못됐다는 생각이 들었다.

자신이 조금 전에 발길질을 할 때 공력을 제대로 싣지 않은 것인가라는 생각마저 들었다.

대무영은 자신을 걷어찬 백의청년에게는 눈길조차 주지 않고 백의소녀에게 터벅터벅 걸어와 두 걸음 앞에 멈추고 또다시 그녀를 빤히 바라보면서 물었다.

"당신 이름이 뭐요?"

그는 소녀에겐 '소저'나 '낭자'라는 호칭을, 그리고 초면의 여자에게 이름을 묻는 것은 강호의 금기이며, 설혹 묻는다고 해도 '방명(芳名)'이라고 해야 한다는 사실조차도 알지 못했다. 배운 적이 없기 때문이다.

"소운상(蘇雲祥)이라고 해요."

"이놈이 무례하고도 무식하게 어딜 감히!"

백의소녀 소운상이 청아한 목소리로 대답하는데 백의청년이 울화통을 터뜨리며 다시 대무영의 얼굴을 향해 주먹을 휘두르려고 했다.

소운상은 손을 뻗어 잠자코 백의청년을 제지했다. 그러면서 그녀는 대무영이 백의청년에게는 눈길조차 주지 않는 것을 발견했다.

그래서 그녀는 대무영이 백의청년에게 이미 두 차례나 얻어맞고서도 끄떡없다는 것과 그의 공격을 추호도 두려워하지 않는다는 사실, 그리고 이유는 모르겠지만 그녀에게 많은 관심을 갖고 있다는 사실을 깨달았다.

"나는 대무영이오."

대무영은 손바닥으로 자신의 가슴을 가벼이 두드리며 자기소개를 했다.

이럴 때는 포권지례를 해야 한다는 것을 배워서 알고 있으나 모친을 닮은 소운상 앞이라서 당황한 터라 미처 생각하지 못했다.

백의청년은 대무영이 못마땅해서 계속 씨근거렸으나 함부로 날뛰지 못했다.

그는 소운상을 매우 어려워하는 것 같았으며, 그런 것으로 봤을 때 그녀가 이 무리의 우두머리인 듯했다.

소운상은 섬섬옥수를 모아서 포권을 하며 가볍게 고개를

숙여 치하했다.
"대 소협의 도움으로 무고한 인명을 구할 수 있어서 다행이에요. 진심으로 감사드려요."
그녀는 그 말을 끝으로 몸을 돌려 경장사내들을 향했다.
"말은 어찌 됐나요?"
"보다시피 두 마리는 구제불능입니다."
경장사내들이 관도 바깥 밭두렁에 쓰러진 상태로 일어나지 못하고 구슬프게 울고 있는 두 필의 말을 가리키며 씁쓸한 표정을 지었다.
"소문주와 강(姜) 사형께서 저희 말을 타십시오."
경장사내들이 내어주는 말에 소운상과 백의청년이 타려고 하는데 대무영이 급히 다가오더니 다짜고짜 소운상의 팔을 잡았다.
"아가씨. 어디에 살고 있소?"
짜악!
순간 소운상이 돌아서는 것과 함께 대무영의 뺨을 세차게 후려갈겼다.
"어딜 감히!"
대무영은 뻣뻣하게 선 채 뺨에 붉은 손자국이 나서 멀뚱한 얼굴로 눈을 껌뻑거렸다.
소운상이 깜짝 놀라서 순간적으로 공력을 실어 힘껏 뺨을 갈겼으나 대무영은 얼굴조차도 흔들리지 않았다.
 소운상은 대무영이 질주하는 두 마리 말을 맨몸으로 부딪쳐서 날려 보낸 것과, 백의청년의 발길질에도 끄떡없었던 것들을 다시 상기하면서 대무영이 비범한 내력을 지니고 있을지도 모른다는 생각이 들었다.
 그녀와 백의청년 등은 요즘 낙양 일대에서 큰 반향을 불러일으키고 있는 단목검객에 대한 소문을 얼핏 들은 적이 있으나 눈앞의 대무영이 그 단목검객일 것이라고는 추호도 생각하지 않고 있었다.
 "왜 때린 것이오?"
 여자를, 더구나 소운상처럼 젊은데다 명성 높은 소녀의 몸에 손을 대는 것은 큰 불경죄에 속한다.
 그것을 알 까닭이 없는 대무영이 맞은 이유를 모르는 것은 당연했다.
 소운상은 대무영의 순박한 표정과 그가 지금까지 한 행동을 미루어 봤을 때 그가 강호의 예절에 대해서 모르고 있는 것 같다고 생각했다.
 "미안해요. 하지만 여자의 몸에 함부로 손을 대는 것은 좋지 않아요."
 "아……."
 대무영은 진지한 표정으로 일깨워주는 소운상에게 꾸벅

고개를 숙였다.

"미안하오."

"괜찮아요."

소운상은 대답하고 즉시 말에 올랐다.

대무영은 소운상에게 가까이 다가가서 물고 늘어졌다.

"어디에 사오?"

그는 모친을 닮은 그녀가 어디에 사는지 궁금했다. 모친에 대한 애정과 그리움이 깊기 때문에 나중에 모친이 보고 싶을 때면 그녀를 먼발치에서나마 바라보는 것으로 위로를 삼으려는 것이다.

소운상은 대무영을 굽어보며 그의 집요함에 약간 어이없는 듯한 표정을 짓더니 그냥 말을 몰아 달려갔다.

우두두두—

세 사람은 말에 타고 두 명의 경장사내는 경공술로 달려서 말을 뒤쫓았다.

대무영은 복잡한 표정으로 그들의 뒷모습을 한동안 물끄러미 쳐다보기만 했다.

'그녀가 나이만 조금 더 먹었으면 영락없이 어머니인 줄 알았을 거야.'

第十六章
살수(殺手)

"언사현까지는 얼마나 더 가면 되오?"

"삼십 리쯤 남았소."

대무영은 길을 물어가면서 걷는 속도를 조절했다.

아침 일찍 낙양을 출발했으니까 될 수 있으면 날이 저물기 전에 언사현에 도착하고 싶었다.

아까 소운상 일행을 만나고 나서 여기까지 오는 동안 대무영은 자잘한 싸움을 세 번 했다.

그가 쌍명협 단목검객이라는 것을 알아보고 덤비는 강호인들하고 어쩔 수 없이 싸운 것이다. 물론 세 번 다 이겼으며 일 초식에 상대들을 거꾸러뜨렸다.

정오가 조금 지나서 허기가 느껴질 때 그는 아란과 청향이 정성껏 싸준 점심을 먹기 위해서 마땅한 장소를 찾아보기로 했다.

행인들의 왕래가 많은 관도에서 먹을 수는 없어서 관도 바깥의 주변을 이리저리 살펴보다가 오른쪽 초지 너머에 숲이 있는 것을 발견하고 그곳으로 향했다.

그가 숲에 들어서서 적당한 장소를 찾으려고 두리번거리고 있는데 숲 안쪽 깊숙한 곳에서 무기끼리 부딪치는 소리가 들려왔다.

차차창! 채챙!

그리 멀지 않은 곳에서 들려왔으나 대무영은 남의 싸움에 끼어들고 싶지 않아서 근처 나무그루터기 하나를 발견하고 그곳에 앉아 어깨에 메고 있던 봇짐을 끌러 무릎에 얹고 풀자 여러 가지 맛있는 먹을거리가 드러났다.

코로는 구수한 냄새를 맡고 귀로는 무기끼리 부딪치는 소리를 들으면서 큼직한 만두 하나를 집어 들고 코를 벌름거리며 입으로 가져갔다.

"물러나라!"

그때 무기끼리 부딪치는 소리에 섞여서 여자의 날카로운 호통성이 들렸다.

'혹시?'

만두를 입에 물고 있는 대무영은 그 목소리가 아까 관도에서 만났던 어머니를 닮은 백의소녀 소운상의 것일지도 모른다는 생각이 들었다.

순간 그는 먹으려던 만두를 입에 문 채 급히 봇짐을 묶어 등에 메고는 소리가 들려오고 있는 방향으로 쏜살같이 달리기 시작했다.

그의 머릿속에는 오로지 어머니를 닮은 소녀가 위험에 처했다면 구해줘야 한다는 일념으로 가득 찼다.

'그녀다!'

숲 속 깊숙이 들어온 대무영은 어느 계류 가의 자갈밭에서 한 무리의 사람이 치열하게 싸우고 있으며 그 가운데 소운상이 있는 것을 발견했다.

자갈밭에는 아까 소운상과 함께 동행했었던 세 명의 경장 사내와 낯선 두 명의 흑의복면인이 여기저기 어지럽게 쓰러져 있었다.

쓰러져 있는 다섯 명은 움직이지 않았다. 목과 가슴 부위를 찔리고 베인 그들은 이미 죽었으며 자갈밭을 시뻘겋게 피로 물들였다.

상황은 매우 심각했다. 소운상과 백의청년은 서로 뚝 떨어져 있는 상황이며, 두 사람은 각각 네 명의 흑의복면인을 상대로 치열하게 싸우고 있었다.

대무영이 봤을 때 소운상과 백의청년의 실력은 대단했다. 그가 지금까지 싸워본 사람 중에서 주도현을 제외하곤 가장 고강한 것 같았다.

두 사람을 합공하고 있는 흑의복면인들은 대무영으로서는 처음 보는 복장이다.

흑의 경장에 검은 복면까지 뒤집어쓰고 눈만 내놓은 모습이며 모두 검을 사용하고 있었다.

소운상과 백의청년의 실력은 흑의복면인을 두 명 정도 상대할 수 있는 실력이라고 대무영은 간파했다.

그런데 네 명을 상대하고 있으니 매 순간이 위태롭기 짝이 없는 상황이다.

흑의복면인들의 검법은 대무영으로서도 처음 보는 것이다. 검법이나 도법에는 일정한 초식이 있으며 변형이 되었다고 해도 그 기본이나 흔적은 남아 있는 법이다.

그런데 흑의복면인들의 검법은 초식이 없었다. 매번 검을 휘두르는 것이 오로지 공격일변도였으며 상대의 급소만을 노리는 악독한 수법이었다.

보통 강호에서는 여자들을 상대할 때 은밀한 부위, 즉 가슴이나 사타구니를 공격하는 것을 금기시하고 있다. 그러나 흑의복면인들은 신체 어느 부위든지 가리지 않고 공격하고 있었다.

아까 대무영에게 기고만장하게 거만을 부렸던 백의청년은 가슴과 옆구리, 어깨에 이미 상처를 입은 상태다.

그리고 소운상은 옆구리와 가슴 부위의 옷이 베어져서 너풀거리고 있을 뿐 상처는 입지 않았다.

그렇지만 언제 피를 뿌리며 쓰러질는지 알 수 없는 위태로운 상황이었다.

"앗!"

대무영은 계류 가의 언덕에 멈춰서 잠시 상황을 살펴보고 있을 때 소운상이 다급한 외침을 터뜨렸다.

그녀의 자세가 무너졌으며 그 기회를 노리고 흑의복면인들이 일제히 공격하면서 그들의 검이 그녀의 온몸으로 쇄도하고 있는 중이다.

그 순간 대무영의 손이 번개같이 품속에 들어갔다가 나오는가 싶더니 언덕을 힘껏 박차고 소운상 쪽으로 날아가면서 오른손의 네 개의 물체를 흩뿌리고 있었다.

쉭!

그것은 그가 산에서 무술 수련을 할 때 만들어서 사용했던 목비수다.

늘 품속에 이십 개를 품고 다니는데 그중 네 개를 발출한

살수(殺手) 131

것이다.

비록 단단한 박달나무를 깎아서 만들었다고는 하지만 쇠보다 훨씬 가벼운 나무다.

그러므로 위력이나 속도 면에서 쇠로 만든 비수하고는 큰 차이가 날 수밖에 없다.

하지만 대무영은 지난 오 년 동안 목비수가 손에 익어서 지금은 쇠로 만든 비수 이상으로 빠르게, 그리고 위력을 발휘할 수가 있다.

처음에 그는 단순히 사냥을 하기 위해서 목비수를 만들어 사용했었다.

그런데 세월이 흐르고 목비수 던지는 수법이 일취월장함에 따라서 그는 목비수를 싸움의 한 방법으로 선택하기로 생각을 바꾸었다.

소운상을 합공하고 있는 흑의복면인은 대무영의 존재를 까맣게 모르고 있다가 갑자기 들려온 미약한 파공성에 움찔 놀라는 듯했다.

그러나 파공성이 정확하게 어디에서 들렸으며 무엇 때문에 파공성이 생긴 것인지는 전혀 몰랐다.

그러다가 자신들을 향해 매우 빠른 속도로 쏘아오는 무엇인가 희끗한 물체를 발견하고는 움찔 놀라며 다급히 피하려고 했다.

그러나 이미 늦었다. 대무영이 목비수를 발출한 거리는 오 장이었으나 흑의복면인들이 그것을 발견한 것은 이 장 거리 밖에 되지 않았다.

그리고 피하려고 할 때는 이미 네 개의 목비수가 반 장 이내로 쏘아와 그들의 목이나 가슴, 복부를 향하여 무섭게 파고드는 중이었다.

파팍!

챙!

흑의복면인 중에서 두 명은 미처 피하지 못하고 어깨와 가슴에 꽂히고 말았으며, 한 명은 다급하게 몸을 비틀면서 겨우 피했고, 나머지 한 명은 검을 휘둘러 목비수를 간신히 퉁겨냈다.

오 장이라는 먼 거리였으니 망정이지 이삼 장 거리였으면 흑의복면인들은 목비수를 절대 피하지 못했을 것이다.

소운상은 그 기회를 놓치지 않고 재빨리 검을 휘둘러 오른쪽 가슴에 목비수가 깊숙이 꽂혀 휘청거리고 있는 흑의복면인의 가슴을 그어버렸다.

패액!

"흐악!"

느닷없이 쏘아온 네 개의 목비수 때문에 흑의복면인들의 공세는 완전히 무너져 버렸다.

소운상은 한 명을 죽인 여세를 몰아 오른쪽 어깨에 목비수가 꽂힌 흑의복면인의 목을 향해 깔끔하고도 빠른 솜씨로 검을 찔러갔다.

다른 두 명의 흑의복면인은 소운상을 공격할 처지가 아니었다. 언덕을 박차고 날아온 대무영이 중간에 바위 꼭대기를 한 번 밟고는 곧장 그들을 향해서 내려꽂히고 있는 중이기 때문이다.

날아오는 대무영보다는 미리 준비하고 있던 두 흑의복면인의 공격이 더 빠르고 매서웠다.

쐐액!

두 흑의복면인의 검은 각기 내려꽂히고 있는 대무영의 상체와 하체를 향해 빠르게 쓸어갔다.

그러나 대무영은 그들의 공격을 보지 못한 듯 거침없이 머리를 아래로 한 자세로 내려꽂혔다.

빠빡!

"끅!"

"캑!"

대무영은 큰 키지만 쏘아 내리면서 몸을 뱀처럼 꿈틀거려 공격을 가볍게 피하는 것과 동시에 목검으로 두 흑의복면인의 머리를 짧고 가볍게 강타했다.

같은 순간 소운상은 상대하던 한 명의 흑의복면인의 심장에 검을 꽂고 있었다.

쿵! 쿠쿵…….

대무영의 목검에 머리를 맞은 두 명의 흑의복면인은 즉사하여, 그리고 소운상의 검에 심장을 찔린 흑의복면인은 몸을 파들파들 떨면서 쓰러졌다.

"당신……."

소운상은 자신을 구해준 사람이 대무영이라는 사실을 깨닫고는 적잖이 놀라는 표정을 지었다. 그가 이런 곳에 나타날 줄은 추호도 예상하지 못했었다.

"괜찮소?"

대무영은 소운상을 살펴보며 급히 물어보았다. 그 바람에 입에 물고 있던 만두가 그녀에게 튀었다.

만두는 소운상의 가슴에 부딪쳤다가 자갈밭에 떨어졌다.

"어떻게 된 일이오?"

소운상은 위험에 처해 있는 백의청년에게 달려갔다.

"얘기는 나중에 해요!"

휙!

대무영은 늦게 출발했지만 오히려 소운상을 앞질러서 백의청년을 공격하고 있는 흑의복면인들을 덮쳐갔다.

백의청년을 합공하고 있던 네 명의 흑의복면인은 소운상 쪽에서 갑자기 일어난 일 때문에 적잖이 당황해서 정신이 분산된 상태였다.

더구나 그때 대무영과 소운상이 자신들을 향해 달려오자 전열이 완전히 흩어졌다.

백의청년은 그 틈을 타서 공격권 밖으로 재빨리 벗어났다.

네 명의 흑의복면인은 곧장 짓쳐오는 대무영을 맞이하려고 돌아서며 검을 치켜들었다.

몇 걸음 뒤처져서 달려가고 있는 소운상은 대무영이 네 명의 흑의복면인을 향해 곧장 저돌적으로 부딪쳐 가자 놀라서 급히 외쳤다.

"위험해요!"

그러나 대무영은 이미 흑의복면인들과 정면으로 부딪치고 있었다.

쉬아악!

그가 매화검법 이초식 채운탈혼(彩雲奪魂)을 전개하자 목검이 흑의복면인들을 향해 그어가며 홍(紅), 청(靑), 흑(黑), 황(黃), 네 가지 색의 무늬를 만들어냈다.

뒤따르는 소운상은 그런 광경을 보고는 적잖이 놀라는 표정을 지었다.

따따따딱!

"큭!"

"억!"

네 가지 색은 처음에 뭉뚱그려서 뿜어졌다가 중도에 네 개로 갈라지며 그것들이 네 명의 흑의복면인의 머리를 호되게 강타했다.
 원래는 목검이 하나의 선(線)으로 그어가면서 차례로 네 명의 흑의복면인의 머리를 갈긴 것이다.
 그런데 워낙 쾌속하다 보니까 남들 눈에는 네 줄기로 갈라진 것처럼 보였다.
 또한 목검이 그어갈 때 생긴 홍, 청, 흑, 황, 네 가지 색의 구름 같은 모습은 이 검초식의 이름처럼 채운(彩雲)이다. 즉, 여러 색의 구름이다.
 원래 허공중에는 여러 가지 색이 있으나 사람의 눈으로는 보이지 않는다.
 그런데 대무영의 목검의 속도가 워낙 빠르게 허공을 쪼개는 바람에 허공중에 분포되어 있는 색이 순간적으로 분리가 되면서 이지러지며 찰나지간 사람의 눈으로 볼 수 있게 되는 것이다.
 쿠쿠쿵…….
 네 명의 흑의복면인은 머리가 깨져서 즉사하여 묵직하게 앞다투어 쓰러졌다.
 조금 늦게 당도한 소운상이 도울 일은 없어졌다. 그녀는 대무영이 네 명의 흑의복면인을 처치하는 광경을 똑똑하게 목격했으나 사실은 제대로 보지 못했다.
 백의청년은 가슴과 옆구리, 어깨에서 피를 흘리고 있는데, 대무영이 네 명의 흑의복면인을 순식간에 해치우는 신들린 듯한 솜씨를 보고는 너무나 놀라서 상처의 아픔마저도 잊어버렸다.
 백의청년 자신은 네 명의 흑의복면인의 합공에 가볍지 않은 상처들을 입었으며 또한 언제 죽을지 모르는 위험한 상황에 처했었다.
 그런데 대무영은 논에서 추수하듯이 아무렇지도 않게 순식간에 해치워 버린 것이다.
 백의청년은 아까 관도에서 자신이 대무영을 두 번이나 걸어차면서 의기양양했었던 일이 생각나서 부끄러움을 넘어 수치를 느꼈다.
 이런 상황에서 보통 사람들은 부끄러움을 그다음에는 고마움을 느끼겠지만, 태생이 못된 그는 수치심을 느낀 직후에는 대무영이 죽이고 싶도록 미워졌다.
 대무영은 그저 담담한 표정을 짓고 있지만 백의청년의 눈에는 그가 소운상 앞에서 멋진 솜씨를 뽐내고는 우쭐거리는 것으로 비춰졌다.
 더구나 소운상이 놀라고 감탄하는 표정으로 대무영을 바라보고 있는 모습을 발견하고는 자신도 모르게 어금니를 악물며 대무영을 노려보았다.

"강 사형. 많이 다쳤어요? 어디 좀 봐요."

소운상이 그제야 피를 흘리고 있는 백의청년 강태율(姜太律)에게 급히 다가가자 그는 수치심에 몸을 사렸다.

"나는 됐으니까 다른 사람들이나 살펴봐!"

그러면서 자신도 모르게 버럭 고함을 질러 버렸다.

소운상은 잠시 그를 지켜보다가 아까 자신이 싸우던 곳으로 달려갔다.

그곳에 일행인 세 명의 경장사내가 쓰러져 있으므로 그들을 살펴보려는 것이다.

대무영은 백의청년 강태율이 까칠한 성격이라는 것을 깨닫고는 묵묵히 소운상의 뒤를 따랐다.

소운상은 세 명의 경장사내가 모두 죽은 것을 확인하고는 어두운 표정이 되었다.

대무영은 조금 전에 흑의복면인들에게 던졌던 목비수들을 회수하여 계류에 깨끗이 씻어 품속에 넣었다.

"이들은 누구요?"

"아……."

우두커니 서 있던 그녀는 대무영의 물음에 정신을 차리고 그가 굽어보고 있는 흑의복면인을 바라보았다.

"살수(殺手)들이에요."

"살수? 무엇하는 자들이오?"

소운상은 약간 어이없는 듯한 표정을 지었다. 강호에서 살수가 무엇인지 모르는 사람은 없기 때문이다.

그때 대무영은 계류 가 언덕 쪽을 쳐다보았다.

"누구 올 사람이 있소?"

소운상은 그가 쳐다보고 있는 곳을 바라보며 불길한 표정을 지었다.

"누가 오고 있나요?"

"이십 명 정도가 이곳으로 달려오고 있소."

소운상의 표정이 어두워졌다. 그녀가 짐작하기엔 자신이 아는 사람들이 이곳으로 올 리가 없다. 그렇다면 이것은 적이 분명하다.

[사형! 적이에요!]

대무영은 소운상이 강태율을 보면서 말을 하지 않고 입술 끝을 미미하게 달싹이는 것을 보고는 얼른 강태율을 쳐다보았다.

자갈밭에 책상다리를 하고 앉아서 상처를 돌보고 있던 강태율은 갑자기 움찔 놀라 소운상을 쳐다보았다.

소운상이 언덕 쪽을 가리키면서 또다시 입술을 달싹거리자 강태율은 급히 언덕을 쳐다보았다.

대무영은 소운상이 말을 하지 않고 단지 입술만 달싹거렸는데도 강태율이 뭔가를 알아차리는 것을 보고 신기하다는 생각이 들었다.

그때 언덕 너머에서 시커먼 물체들이 한꺼번에 불쑥불쑥 튀어나왔다.

소운상과 강태율이 상대하고 있던 흑의복면인들과 같은 복장이며 이십여 명은 될 것 같았다. 그들은 소운상과 강태율을 죽이러 온 것이 분명했다.

"도망쳐요!"

소운상은 큰 소리로 날카롭게 외치자마자 대무영의 손을 잡고 경공술을 전개하여 계류 건너를 향해 전력으로 달리기 시작했으며, 강태율도 같은 방향으로 도망쳤다.

대무영은 난데없이 소운상에게 손이 잡혀서 끌려가듯이 달리게 되자 깜짝 놀랐으나, 따뜻하고 부드러운 촉감의 그녀의 손을 느끼게 되어 기분이 좋았다.

그는 그녀의 짐이 되지 않으려고 나란히 달리면서 힐끗 손을 쳐다보았다.

그의 솥뚜껑만 한 커다란 손에 비해서 크기가 절반도 안 되는 희고 갸름한 손이 그의 손을 꼭 잡고 있는 것을 보면서 흐뭇한 미소를 지었다.

그러면서 그는 어린 시절에 엄마가 손을 잡고 어디론가 함께 걸어가던 혼곤한 회상에 빠져들었다. 늘 몸이 허약하고 잘 아팠던 엄마는 어린 대무영과 손잡고 다니는 것을 매우 좋아했었다.

계류 건너에는 넓은 숲이 펼쳐져 있고 두 사람은 숲 속을 나는 듯이 내달렸다.

소운상은 초조한 표정으로 왼쪽과 뒤를 돌아보았다. 왼쪽에는 숲이 울창해서 강태율의 모습이 보이지 않았고, 뒤에는 십오륙 장 거리에서 흑의복면인, 즉 살수 열다섯 명이 맹렬하게 추격하고 있었다.

살수는 이십여 명이었는데 이쪽이 두 명이라서 열다섯 명이나 추격하는 것 같았다.

그렇다면 강태율에겐 다섯 명쯤이 추격하고 있다는 뜻이다. 만약 강태율이 살수들에게 붙잡힌다면 살아날 가능성이 거의 없을 터이다.

그런데 거리가 점점 좁혀졌다. 소운상의 경공술은 빠른 편이지만 살수들에 비해서는 느렸다.

살수는 원래 추격과 암살을 전문으로 하는 직업적 특성상 경공술은 물론이고 은신술, 잠행술, 암기술 따위에 두루 능한 법이다.

소운상은 자꾸 뒤돌아보면서 살수들과의 거리가 좁혀지자 얼굴 가득 초조한 기색이 떠올랐다.

그러나 대무영은 전혀 걱정하지 않았다. 한 번 싸워보니까 저런 살수쯤은 수십 명하고 한꺼번에 싸워도 모두 처치할 자신이 있었다.

또한 그는 소운상보다 더 빨리 달릴 수 있지만 그녀의 손을 놓고 싶지 않았다.

하지만 살수들과의 거리가 오 장쯤으로 좁혀지자 그녀는 안색이 하얗게 질려서 어쩔 줄 몰랐다. 그래서 대무영은 그녀가 안쓰러워서 불쑥 한마디 했다.

"더 빨리 달리고 싶소?"

소운상은 그를 돌아보며 어이없는 표정을 지었다. 그녀의 표정은 '그걸 말이라고 해요?' 라는 뜻이었다.

그녀의 표정에서 대답을 얻은 대무영은 그녀의 손을 꽉 잡고 속도를 내기 시작했다.

"아!"

소운상은 갑자기 몸이 확! 하고 쏜살같이 앞으로 끌려 나가면서 중심을 잃고 두 발이 허공에 뜨자 깜짝 놀라 탄성을 터뜨렸다.

그녀는 너무 놀라서 눈을 동그랗게 뜨고 앞쪽의 대무영을 바라보았다.

그가 워낙 빠른 속도로 앞서 달리기 때문에 그녀는 몸이 허공에 수평으로 눕혀진 자세로 떠서 날아갔으며, 두 걸음쯤 뒤에 처져 있었다.

그녀는 놀란 눈으로 대무영을 쳐다보았다. 그의 달리는 모습은 그녀가 익히 알고 있는 경공술이 아니었다.

경공술은 어떤 구결에 따라서 체내의 공력을 발휘하여 몸을 가볍게 하는 동시에 공력을 두 발로 보내서 땅을 박차며 앞으로 전진을 하거나 도약하는 수법으로 강호인들이 사용하는 대부분의 경공술이 대동소이하다.

또한 눈으로 보면 경공술을 전개하고 있다는 것을 대번에 알 수 있다.

그런데 소운상이 보고 있는 대무영은 순전히 두 다리의 힘만으로 달리고 있는 것이 분명했다.

말하자면 순수한 달리기인데 두 다리가 얼마나 빠르게 교차하는지 육안으로 보이지도 않을 정도다.

대무영은 소운상이 뒤로 처지니까 왼팔에 힘을 주어 그녀를 끌어당겼다.

그러나 달리는 속도가 워낙 빠르고 그녀의 몸이 허공중에 엎드린 자세로 누워 있다 보니까 다시 뒤로 밀려갔다.

대무영은 다시 그녀를 끌어당기며 명령하듯 말했다.

"업히시오."

"……."

소운상은 깜짝 놀라 그의 넓은 등을 바라보며 망설였다. 당연한 일이지만 그녀는 지금껏 한 번도 외간남자의 등에 업혀 본 적이 없었다.

뒤돌아보니 살수들이 이십여 장까지 멀어진 상태다. 그것만 봐도 대무영이 얼마나 빨리 달리고 있는지 알 수 있다. 그러나 대무영이 곧 힘이 빠지면 따라잡히고 말 것이라고 그녀는 생각했다.

그러다가 그녀는 목숨이 경각에 처한 이런 상황에 남녀유별(男女有別) 따위 세속적인 일에 연연하고 있는 자신을 나무랐다.

'이 사람은 나를 살리려고 전력을 다하는데 나는 그 따위 하찮은 번문욕례로 천추의 한을 남기려 하고 있다니 정말 바보 같구나.'

그녀는 즉시 대무영의 손을 잡은 손에 힘을 주어 간격을 좁히면서 한 손으로 그의 반대편 어깨를 잡았다.

대무영은 그녀가 업히기 쉽도록 달리면서 상체를 앞으로 숙이며 등을 넓게 해주었다.

척!

마침내 소운상은 대무영의 넓은 등에 몸의 앞부분을 밀착시키며 업혔다.

그러나 두 손과 두 다리를 어떻게 처리해야 할지 애매해서 그냥 어정쩡하게 있었다.

살수(殺手) 145

그때 대무영이 그녀의 두 다리를 잡아 자신의 허리를 감도록 한 후에 두 손을 양쪽 겨드랑이 아래로 넣게 하여 가슴을 안도록 했다.

소운상은 깜짝 놀랐으나 자신이 생각해도 그 자세가 가장 이상적일 것 같았다.

그렇게 해야지만 대무영이 위급한 상황에 직면하더라도 두 팔을 자유롭게 사용할 수 있고 또 웬만한 충격에도 그의 등에서 떨어지지 않을 것이다.

그러나 그때부터 그녀의 심장은 심하게 쿵쾅거리기 시작했다. 풍만한 가슴이 그의 등에 밀착되어 찌그러졌을 뿐만 아니라 복부도, 그리고 두 다리를 활짝 벌려 허리를 끌어안은 탓에 은밀한 부위마저 그의 등허리에 닿은, 아니, 압착(壓着)된 상태다.

마치 한 몸이 된 듯 그녀의 몸 앞부분이 그의 등과 허리에 빈틈없이 밀착되었으며 두 팔과 다리로 그의 몸을 꼭 안고 있는 상태이니 어찌 순결한 소녀의 몸으로 부끄럽지 않을 수 있겠는가.

대무영이 그녀를 업은 상태에서 달리니까 과연 속도가 한결 더 빨라졌다.

겨울이라서 숲의 무성한 나뭇가지와 나뭇잎이 없다고는 하지만 나무가 워낙 빽빽해서 달리기가 수월하지 않은 환경

임에는 분명했다.

　그런데도 대무영은 조금도 속도를 늦추지 않고 빽빽한 나무 사이를 절묘하게 잘도 피해서 달렸다.

　소운상이 그의 등에 업혀서야 비로소 알게 된 사실인데, 그는 그냥 달리는 것이 아니라 한 걸음에 일 장 반에서 이 장까지 쭉쭉 도약하면서 달렸다.

　또한 커다란 바위 꼭대기를 디디면 한 번에 사오 장 이상 비조처럼 날아갔다.

　경공술도 아닌데 순전히 다리 힘만으로 어떻게 그럴 수 있는지 소운상으로서는 이해할 수 없으면서도 신기하기 짝이 없었다.

　탓!

　그때 대무영이 바위에서 도약하여 땅을 디딜 때 그 충격으로 소운상의 몸이 아래로 미끄러졌다.

　"아!"

　그녀가 깜짝 놀라서 두 팔과 두 다리로 대무영의 몸을 힘껏 안으려고 했으나 그것만으로는 아래로 하강한 몸을 추스르기가 어려웠다.

　그때 대무영이 급히 왼손을 뒤로 돌려 손바닥으로 그녀의 엉덩이를 받쳐서 위로 올려주었다.

　그리고는 그것을 계기로 그의 손바닥은 그대로 그녀의 엉덩이를 받치고 있었다.

"……."

소운상은 묘한 기분에 사로잡혔다. 누군가에게 업혀 있는 단순한 행위이지만 상대가 남자고 또 생면부지라는 사실 때문이다.

지금 상황에서는 이 행동이 가장 적합하고 이상적이라고 할 수 있다.

살수들이 대거 나타나자 처음에는 그녀가 대무영의 손을 잡고 무작정 달렸었다.

그다음에는 그가 그녀의 손을 잡고 이끌었으며, 그것이 도망치는 데 방해가 되자 그에게 업혔고, 충격으로 인해서 그녀의 몸이 아래로 처지자 그가 손바닥으로 그녀의 엉덩이를 받쳤다. 그 모든 행동이 물 흐르듯이 자연스럽게 이루어진 것이다.

하지만 그녀는 순결한 소녀로서 절대로 자연스럽게 받아들일 수 없는 입장이다.

그녀는 아직 남자하고 손을 잡아본 일조차도 없다. 그런 그녀가 지금 대무영에게 온몸을 내맡기고 있다. 그보다 적절한 표현은 없을 것이다.

그녀는 자신과 대무영이 하나가 되어 그의 몸속으로 스며드는 것 같은 착각마저 느꼈다.

이런 이상한 상황인데도 그녀는 그의 넓은 등이 매우 따뜻하고 포근했다. 이대로 잠이라도 들면 좋겠다는 생각이 들 정도였다.

그녀는 그의 어깨에 뺨을 대고 눈을 감았다. 온몸으로 그가 느껴졌다.

가슴과 배와 은밀한 곳, 그리고 엉덩이를 가득 떠받치고 있는 커다란 손의 온기.

어이없는 일이지만 그녀는 자신이 지금 목숨을 위협하는 살수들에게 쫓기고 있다는 사실을 잠시 망각했다.

'이렇게 편안하다니……'

숲이 끝나자 드넓은 초원이 대무영 앞에 나타났다.

넓은 벌판과 그 가운데를 흐르는 강. 강 건너 끝에 웅장한 거산이 있었다. 말 그대로 광원면막(曠遠綿邈)의 탁 트인 전경이다.

대무영은 벌판 너머에 하늘을 찌를 듯 우뚝 솟아 있는 거산이 소림사가 있는 숭산이라는 것을 알았다. 그는 숭산에서 삼 년 동안 생활했었기 때문에 멀리서 봐도 대번에 알아볼 수가 있다.

그가 숲을 나와 달리는 것을 멈췄으나 소운상은 그의 어깨에 뺨을 묻고 두 팔과 두 다리로 그를 안은 채 꼼짝도 하지 않왔다.

추격하는 살수들은 일찌감치 따돌린 상태다. 이십여 리 이상 달려왔으므로 살수들은 최소한 오 리 정도는 뒤에 처졌을 것이다.

이윽고 그는 주위를 둘러보다가 강을 따라 하류로 향하기 시작했다.

그가 알고 있는 바로는 이 강은 이수(伊水)다. 동북쪽으로 흐르다가 중류에서 언사현을 지나 황하로 흘러든다. 그러니까 강을 따라 내려가면 언사현이 나올 것이다.

그는 소운상이 지쳐서 잠이 들었다고 생각했다. 그래서 그녀가 깨지 않도록 달리지 않고 천천히 걸었다.

第十七章
마학사(魔學師)

獨步行

 소운상은 정말로 잠이 들어버렸다.
 너무 편안하고 따뜻해서 이대로 잠이 들었으면 좋겠다고 생각했었는데 정말 잠이 들어버릴 줄은 몰랐다.
 어쩌면 대무영이 한 시진 넘도록 줄곧 달리기만 했기 때문이었을 수도 있다.
 비록 몸이 흔들렸으나 그것은 어머니가 흔들어주는 요람 같은 역할을 했다.
 그녀는 주위에서 여러 사람이 웅성거리는 소리에 비로소 잠에서 깼다.

그러나 움직이지 않은 채 뺨을 대무영 어깨에 대고 살며시 눈을 떠보았다.

그녀가 가장 먼저 본 것은 사람들이 자신을 쳐다보며 수군거리는 모습이었다.

움찔 놀라서 눈동자를 이리저리 굴려 살피고 나서야 이곳이 번화한 거리 한복판이며 오가는 행인들이 많고 그들이 자신을 쳐다보고 있으며, 자신이 아직도 대무영에게 업혀 있다는 사실을 한꺼번에 깨달았다.

그녀는 깜짝 놀라서 급히 다시 눈을 감았다. 눈을 뜨고 있을 수가 없었다.

그리고는 움직이지 않고 가만히 있었다. 지금 여기에서 놀라 허둥거리며 대무영의 등에서 내린다면 모양새가 더 우스워질 것만 같았다.

고급 비단 경장을 입고 어깨에 검까지 멘 강호의 여자가 사내의 등에 업혀서 자고 있으니 사람들이 그 모습을 보고 어떻게 생각했겠는가.

대무영이 어째서 깨우지 않고 그녀를 업은 채 버젓이 거리로 들어온 것인지 원망스러웠다.

하지만 그녀는 곧 자신이 살수들에게 추격을 당하고 있었다는 사실을 기억해 냈다.

지금 상황을 보면 살수들의 추격에서 벗어났다는 것을 알 수 있다.
 그것은 그다시 이상한 일도 아니다. 대무영의 그처럼 빠른 속도였다면 추격에서 벗어나지 못하는 것이 오히려 이상한 일이다.
 소운상은 일단 가만히 있기로 했다. 그럴 수밖에 없는 상황이었다.
 그러나 대무영은 그녀의 몸이 경직되고 오그라드는 것을 느끼며 그녀가 깨어났다는 사실을 알았다.
 그는 그녀가 깨어났으면서도 왜 아무런 행동도 하지 않는 것인지를 생각해 보았다. 그리고는 곧 그녀가 부끄러워한다는 사실을 눈치챘다.
 잠시 후에 그는 그녀를 업고 어느 골목 안으로 깊이 들어가서 멈췄다.
 "내리겠소?"
 그녀는 가만히 있었다. 이때쯤 대무영은 두 손바닥을 포개서 그녀의 엉덩이를 받치고 있는 상태였다. 마치 아빠가 딸을 업고 있는 듯한 모습이다.
 그녀의 둔부는 보드랍고 풍만하지만 그의 손바닥 안에 다 들어갔다.
 그가 둔부를 받치고 있던 손을 거두자 그녀는 비로소 땅에 내려섰다.

오랫동안 업혀 있었던 탓에 땅에 내려서니까 발이 저렸으나 그녀는 비틀거리지 않으려고 애썼다.
"괜찮소?"
대무영이 묻자 그녀는 아무 말도 하지 않고 옷매무새를 바로 하고 그를 바라보았다.
염려스러운 듯, 그리고 다정한 눈빛으로 바라보고 있는 그를 발견하자 그녀는 얼굴이 화끈거려서 얼른 외면했다.
"어디까지 가는지 내가 데려다주겠소."
"아… 아니에요."
그녀는 당황해서 대답하고는 두 손을 모아 포권지례를 하며 고개를 숙였다.
"목숨을 구해주신 은혜에 진심으로 감사드려요."
대무영은 손을 저으며 어색하게 웃었다.
"하하! 은혜는 무슨……."
소운상은 용기를 내서 고개를 들고 대무영을 바라보았다.
"소녀는 낙양 운검문(雲劍門)의 소운상이라고 해요. 은공께서 훗날 본문에 왕림해 주신다면 백분의 일이나마 은혜를 갚겠어요."
대무영은 남 같지 않은 그녀가 자꾸 은혜 운운하는 것이 영 어색했다.
사람이 살다 보면 누굴 도울 수도 있고 구할 수도 있는 법인데 별것도 아닌 것을 자꾸 들먹이니까 씁쓸한 마음까지 들었다.

"자꾸 그런 소리 할 거면 가겠소."

그는 슬쩍 손을 들어 보이고는 골목 밖으로 성큼성큼 걸어나갔다.

겁을 주려는 것이 아니라 이제 그녀도 깨어났으니까 자신의 할 일을 하려는 것이다.

"은공!"

이름을 가르쳐 주었는데도 은공이라고 부르는 소리가 듣기 싫어서 그는 걸음을 빨리하여 곧 거리의 인파 속에 묻혀버렸다.

소운상은 망치로 머리를 얻어맞은 것처럼 그 자리에 망연히 서 있다가 번뜩 정신을 차리고 급히 거리로 달려나가 대무영을 찾아보았다.

그러나 초저녁의 거리에는 수많은 사람만 북적거릴 뿐 어디에서도 그의 모습은 찾을 수가 없었다.

* * *

대무영이 목적으로 삼은 복마도 삼중연은 집에 없었다.

정확하게 말하자면 그가 문주로 있는 진도문(震刀門)이 그의 집인데 벌써 이 년 동안 출타 중이라는 것이었다.

 진도문은 언사현 외곽에 위치한 소문파다. 삼 년 전, 그러니까 복마도 삼중연이 쟁천십이류의 열한 번째인 공부에 오르기 전에는 언사현 사람들조차도 진도문이라는 문파가 있는지 몰랐을 정도로 전혀 알려지지 않은 문파였다.

 삼중연이 공부에 오르자 상황은 하루아침에 뒤바뀌었다. 진도문의 명성은 하루가 다르게 치솟고 복마도 삼중연의 명성은 그보다 더 치솟았다.

 원래는 기껏 오십여 명의 문도(門徒)만을 두어 명맥만 간신히 유지했었던 진도문이었으나, 삼중연이 공부가 된 이후 무술을 배우겠다고 각지에서 찾아오는 사람들로 연일 문전성시를 이루었다.

 진도문 제삼대 문주 복마도 삼중연은 뜻한 바가 있어 십여 년 동안 폐관하여 오로지 한 가지 도법, 즉 복마도법(伏魔刀法)을 뼈를 깎는 수련 끝에 완성하여 마침내 빛을 보게 된 것이다.

 그러나 세상의 이치란 양지가 있으면 음지도 있는 법이다. 진도문에는 제자가 되겠다고 찾아오는 사람들만 있는 것이 아니었다.

 공부가 된 삼중연에게 도전하겠다고 찾아오는 강호인들도 부지기수였다.

도전자들은 시도 때도 없이 찾아왔다. 처음에 삼중연은 도전자들을 예의로써 맞이하여 꼬박꼬박 상대해 주었으며 다행히 계속 이겼다.

그러나 불과 열흘 만에 도전자의 수가 백 명을 넘어갈 즈음 그는 지치기 시작했다.

삼대(三代) 장장 구십여 년 동안 빛을 보지 못하고 음지에서 전전하던 진도문이 마침내 부흥의 날을 맞이한 것도 좋고, 오십여 명 남짓했던 제자 수가 갑자기 무려 사오백 명에 육박하여 바야흐로 대문파로서의 기틀을 잡게 된 것도 좋았다.

그러나 끝도 없이 이어지는 도전의 행렬에 기가 질린 삼중연은 공부가 된 지 불과 보름 만에 진도문을 떠날 수밖에 없었다.

그 이유는 여러 가지가 있었을 것이다. 그러나 가장 중요한 이유는 자신이 어렵게 획득한 공부증패를 언젠가는 도전자에게 뺏기고 말 것이라는 불안감이 가장 크게 작용했을 것이 분명하다.

빛이 있으면 어둠이 있는 법이다. 삼중연이 공부가 되어 자신과 진도문의 명성을 드날린 것이 빛이라면, 언제 추락할지 모르는 불안함에 휩싸여 전전긍긍하다 못해서 집을 떠나야만 했던 그의 결정은 어둠일 것이다.

대무영은 맥이 빠졌다.

낙양에서 언사현까지 오로지 복마도 삼중연과 대결하여 공부가 되겠다는 일념으로 부지런히 왔는데 그것이 물거품이 돼버린 것이다.

어떤 사람들은 실망이 좌절로 이어지지만, 대무영은 실망이 오히려 오기로 발전했다.

그는 삼중연을 만나지는 못했으나 또 다른 공부를 찾기 위해서 언사현 번화가로 나섰다.

낙양에 무림청이 있으니까 낙양에서 가까운 언사현에 지청이나 쟁천당 같은 것이 있지 않을까 해서 이 사람 저 사람에게 물어서 찾아다닌 끝에 쟁천당을 발견했다.

낙양의 쟁천당에 비해 규모가 반의반도 되지 않는 조그만 곳이라서 대무영은 과연 이런 곳에서 자신이 목적하는 것을 찾을 수 있을까 우려했다.

그의 우려는 적중했다. 언사현에 하나뿐인 쟁천당에는 공부는 물론 그 위 등급인 패령과 후선의 전신까지 팔고 있었으나 그들은 하나같이 이곳에서 가깝게는 이백 여리, 멀게는 만 리가 넘는 곳에 거주하고 있었다.

전신에 적힌 대로 찾아가서 그들을 만날 수만 있다면 몇 달이 걸리더라도 기꺼이 가보겠지만, 만약 복마도 삼중연처럼 만나지 못한다면 수천 리 길을 헛걸음만 한 꼴이 돼버릴 것이다. 아니, 그럴 공산이 컸다.

 '이대로 그냥 돌아가야 하나.'
 대무영은 쟁천당을 나와 걸으면서 손에 쥐고 있는 전신 몇 장을 펼쳤다.
 조금 전에 쟁천당에서 구입한 또 다른 공부와 그 위 등급인 패령과 후신의 전신이었다.
 "자네 전신 한 장 사겠나?"
 그때 거리를 걷고 있는 대무영 곁으로 누군가 다가오며 은근히 말을 걸었다.
 늙수그레하고 걸걸한 목소리였으며 말과 함께 악취가 확 풍겼다.
 대무영이 걸음을 멈추고 돌아보니 학사 차림의 노인이 두 손을 소매 속에 넣은 채 구부중한 자세로 서 있었다.
 노인은 한마디로 설명하기 어려운 괴이한 모습이었다. 정수리에 반백 머리를 묶었으며, 한 뼘 길이의 반백수염을 가지런히 길렀다.
 입고 있는 옷은 서생이나 학사들이 즐겨 입는 유삼이었으나 봄가을에 입는 것이라 얇았다.
 어쨌든 행색으로 보아 문묵종사(文墨從事)하는 학사인 것만은 분명한 것 같았다.

한겨울에 얇은 옷을 입어서인지 노인은 두 손을 소매 속에 집어넣고 어깨를 잔뜩 움츠린 모습이었다.

토할 것 같은 악취는 노인의 몸에서 나는 것이었다. 얼마나 오랫동안 씻지 않았는지 썩은 냄새가 코를 진동했다. 또한 얼굴에도 때가 더께를 이루어서 나이는 물론 진면목도 알아볼 수가 없을 정도였다.

그러나 대무영은 아무렇지도 않은 채 대꾸했다.

"확실한 것이오?"

"물론이네."

"지금 전신의 인물을 찾아가면 만날 수 있소?"

실의에 빠져 있던 대무영은 당장 만나지 못하는 인물이라면 전신 따윈 필요 없다고 생각했다.

"나는 확실한 물건만 판매하네."

노인은 걸걸한 목소리로 자신했다.

"그렇다면 사겠소. 몇 장이오?"

노인은 때가 낀 새카만 손가락 하나를 세웠다.

"한 장이고 은자 천 냥일세."

"뭐요?"

대무영이 버럭 고함을 지르는 바람에 행인들이 놀라서 쳐다보았다.

노인은 때가 꾀죄죄하게 낀 얼굴하고는 어울리지 않을 정도로 맑은 눈으로 대무영을 주시했다.
"외상도 되네."
대무영은 은근히 흥미가 발동했다.
"전신의 인물이 명협 이상이고, 찾아가서 만날 수 있다면 천 냥에 사겠소."
노인은 눈을 깜빡거렸다. 그는 대무영이 느끼는 것 이상으로 흥미를 느끼는 것 같았다.
"나는 쟁천상류만 팔고 있네."
대무영의 눈이 동그랗게 커졌다.
"쟁천상류?"
"그렇네."
"천무부터 왕광까지의 쟁천상류 말이오?"
"여부가 있나."
대무영은 노인이 허풍쟁이 아니면 기인(奇人)일 것이라고 생각했다. 그리고 그는 노인이 기인일 것이라는 쪽으로 모험을 걸었다.
"갑시다."
그는 다짜고짜 노인의 손을 덥석 잡고 성큼성큼 걷기 시작했다.
"어, 어딜 가는 겐가?"
사실 노인은 강호에서 괴짜에다 기인이라고 소문이 파다

한 인물이지만, 대무영이라는 괴짜의 느닷없는 행동에 놀라서 허둥거렸다.

대무영이 노인을 끌다시피 해서 제일 먼저 찾아간 곳은 옷가게였다.
그는 그곳에서 노인에게 솜이 푹신하게 들어 있는 두툼한 솜옷과 무릎까지 내려오는 긴 누비옷 장포를 사주고 갈아입게 했다.
이어서 객잔으로 데려가서 더럽고 악취 나는 몸을 씻기려고 했으나 노인이 결사적으로 저항해서 어쩔 수 없이 포기하고 마지막으로 주루로 데려가서 따뜻하고 맛있는 요리와 술을 배불리 먹여주었다.

"끄윽! 왜 이러는 것인지 짐작하네만 이런다고 은자 천 냥짜리 전신을 거저 주거나 한 푼이라도 깎아줄 수는 없다는 것을 명심하게."
배가 터지도록 술과 요리를 먹고 난 노인은 대무영의 의중을 짐작한다는 듯 도리질을 쳤다.
주루 구석에는 대무영과 노인이 마주 앉아 있는데 그 주위에는 손님이 아무도 없었다. 노인에게서 악취가 났기 때문에 손님들이 멀찌감치 피한 것이다.

슥—

 대무영은 품속에서 여러 겹으로 접은 종이를 펼쳐 그중에서 누런 종이를 노인 앞에 내밀었다.
 "여기 있소."
 노인은 종이를 집어서 들여다보더니 눈이 커졌다. 그것은 낙양에서 가장 신용이 좋은 용성전장에서 발행한 은자 천 냥짜리 전표였다.
 대무영은 북설에게 받은 은자 이천오백 냥을 용성전장에 맡기고 은자 천 냥짜리 두 장, 백 냥짜리 다섯 장의 전표를 받아 챙겼었다.
 대무영은 손을 내밀었다.
 "전신을 주시오."
 노인은 때가 덕지덕지 붙은 얼굴에 어이없는 표정을 떠올리고 대무영을 쳐다보았다.
 "왜 내게 옷을 사주고 술과 요리를 먹인 것인가?"
 대무영은 대수롭지 않다는 듯 대꾸했다.
 "추위에 떨고 있는 불쌍한 노인에게 옷을 사주고 술과 요리를 대접한 것이 잘못이오?"
 노인은 눈을 껌뻑거리면서 한동안 대무영을 물끄러미 쳐다보다가 절레절레 고개를 가로저었다.
 "자네에겐 전신을 팔지 않겠네."

대무영은 불끈 눈에 쌍심지를 돋우었다.

"노인장은 내게 전신을 팔겠다고 약속했었고 보다시피 나는 돈을 냈으니까 거래는 이미 성사된 것이오. 돈이 부족하다면 더 주겠소."

탁!

그러면서 대무영은 자신이 갖고 있던 전표를 모두 노인 앞에 내려놓았다.

"……."

노인은 어이없는 표정으로 대무영을 처다보았다.

제정신을 지니고 있는 사람이라면 노인의 터무니없는 말에 단돈 구리돈 한 냥도 내놓지 않을 것이다.

그렇지만 대무영은 그의 말을 전적으로 믿고 무려 은자 천 냥을 선뜻 내놓았을 뿐만 아니라, 외려 은자 천오백 냥을 더 줄 테니까 전신을 내놓으라고 다그치고 있다.

"싫다."

노인은 딱 잘라서 말하고는 팔짱을 끼고 버텼다. 전신을 팔 겠다고 노인이 먼저 말을 걸었으면서 이제 와서는 팔지 않겠다고 버티는 그의 심보를 대무영은 도통 짐작조차 하지 못했다.

대무영은 노인이 그러면 그럴수록 그가 갖고 있는 전신이 진짜라고 믿었다.

더구나 그 전신은 쟁천상류 중 하나라고 하지 않았는가. 대무영은 똥줄이 바싹 탔다.

"어떻게 하면 전신을 내놓겠소?"

"절대 내놓지 않겠다."

대무영은 사납게 노인을 쏘아보며 이럴 땐 어떻게 해야 하는지 고심했으나 도무지 방법이 떠오르지 않았다.

노인은 대무영이 무슨 꾀를 내놓을지 모른다는 생각에 먼저 선수를 쳤다.

그는 대무영이 사준 누비옷 장포를 활활 벗더니 안에 입었던 솜옷도 벗어서 대무영에게 던져 주었다.

"자네가 사준 옷 여기 있네."

그것만이 아니라 바닥에 쪼그리고 앉더니 입안에 손가락을 집어넣고 웩! 웩! 헛구역질을 해댔다.

"뭐하는 것이오?"

"자네가 사준 술과 요리를 토해내려는 걸세. 우웩! 웨액!"

노인은 얼마나 헛구역질을 해대는지 눈이 벌겋게 충혈되어 눈물까지 뚝뚝 흘렸다.

"됐으니까 그만두시오."

대무영은 눈살을 찌푸리며 손을 젓더니 성큼성큼 걸어가서 회계대에 음식 값을 지불하고는 휭! 하니 주루 밖으로 나가 버렸다.

노인은 웅크린 채 주루 입구 쪽을 힐끔 보더니 일어나서 언제 그랬느냐는 듯이 옷을 주섬주섬 입었다.

그리고는 다시 자리에 앉아서 남은 술과 요리를 느긋하게 먹기 시작했다.

음식부스러기와 술이 더럽게 묻은 그의 입이 미미하게 움직이더니 묘한 미소를 지었다.

'단목검객 대무영. 너처럼 좋은 녀석을 그 자식의 제물로 삼을 수는 없느니라.'

그는 술을 입안에 쏟아붓고 나서 고개를 끄떡였다.

'암! 이 각박한 강호에서 너처럼 착한 녀석은 오래 살 자격이 있는 게야.'

* * *

대무영은 이대로 집으로 돌아가는 것이 내키지 않았다.

그래서 언사현 쟁천당에서 구입한 몇 장의 전신 중에서 가장 가까운 곳을 찾아가 보기로 했다.

그가 갖고 있는 전신은 세 장인데 그중 한 장에는 중모현(中牟縣)이라는 곳에 공부 한 명이 있다고 적혀 있었다.

언사현에서 중모현까지는 이백여 리 길이다. 개봉 거의 다 가서 있는데, 헛걸음을 한다고 해도 그다지 먼 길이 아니라서 속는 셈치고 한번 가보기로 마음먹었다.
 밤이 너무 늦었기 때문에 대무영은 언사현의 객잔에서 하룻밤을 묵고 다음 날 아침 일찌감치 길을 떠났다.

 언사현을 출발한 지 두 시진쯤 지난 늦은 오전 무렵에 대무영은 관도 저 아래 이수 강가에서 싸움이 벌어지고 있는 광경을 우연히 목격했다.
 싸움이라기보다는 한 사람이 공격하고 또 한 사람은 이리저리 피하기에 급급하면서 도망치려고 안간힘을 쓰고 있는 광경이었다.
 그 광경을 발견한 대무영은 그 자리에 두 발이 못이 박힌 듯 꼼짝도 하지 못했다.
 두 가지 이유 때문이었다. 피하면서 도망치려고 애쓰는 사람이 어제 대무영에게 전신을 팔겠다고 했다가 나중에 팔지 않겠다고 번복했던 바로 그 학사 차림의 지저분한 노인이었던 것이다.
 또 하나의 이유는, 공격하는 사람이나 피하면서 도망치려고 하는 사람 둘 다 발휘하고 있는 무술이 실로 대단했기 때문이다.
 실력이 있는 고수는 보는 안목도 높은 편이다. 대무영이 본 견해로는 강가에서 싸우고 있는 두 사람은 그가 지금까지 만난 사람 중에서 주도현을 제외하곤 가장 고강한 것이 분명했다.

물론 어제 관도에서 만났던 소운상이나 강태율은 비교도 되지 않을 정도다.

대무영이 강가의 어느 바위 위에 도착했을 때 가련하게도 문묵종사의 노인은 공격하던 인물에게 꼼짝없이 제압된 처량한 모습을 하고 있었다.

하늘을 보고 누워 있는 노인의 목을 밟고 있는 인물은 피처럼 붉은 홍의장포를 입은 사십오 세 정도의 중년인인데 오른손에는 그 옛날 관우가 사용했던 것 같은 크고 길며 묵직한 언월도(偃月刀)가 쥐어져 있었다.

중년인은 부리부리한 고리눈에 커다란 입을 지닌 대단한 체구였으며 두억시니처럼 험상궂게 생긴 용모였다.

그는 당장 노인의 목을 밟아서 분지를 것처럼 씩씩거리며 울분을 토했다.

"마학사(魔學師) 이놈아. 지난번에는 나를 잘도 속였겠다. 너는 내가 도패왕(刀覇王)에게 죽었을 것이라고 생각했겠지만 보다시피 이렇게 멀쩡하게 살아 있다."

노인 마학사는 목을 밟혀서 눈알이 튀어나올 것처럼 불거져 버둥거렸다.

"끄으으……. 무, 무슨 소리냐……. 나는 너에게 도패왕의 전신을 판 죄밖에… 없다……."

중년인은 와락 인상을 쓰며 발에 더욱 힘을 주었다.

"이 개자식아! 네놈이 도패왕하고 짜고 날 그놈에게 팔아 넘겼다는 사실을 도패왕 입으로 직접 들었는데도 무슨 개수작이냐?"

"끄으으……. 어쨌든… 나는… 모르는 일이다……."

노인 마학사는 끝까지 부인했다. 그것만이 살아날 수 있는 길이기 때문이다.

그러면서 마학사의 핏발 곤두선 눈이 갑자기 중년인 머리 위쪽으로 향했다.

그곳 바위 위에 태양을 머리 위에 이고 우뚝 버티고 서 있는 대무영을 발견한 것이다.

마학사는 중년인이 자신에게 온 신경을 쓰고 있을 때 대무영이 암습하면 중년인을 제압할 수 있을 것이라는 한 가닥 희망을 걸었다.

그러나 지금은 목이 짓밟혀 있는 상태라서 대무영에게 전음을 보낼 수가 없다.

오로지 대무영이 스스로 중년인을 암습하기만을 기대하는 수밖에 없는 상황이다.

"마학사, 이놈아. 나는 네놈이 지니고 있는 전신을 뺏은 다음에 네놈의 머리통을 박살 내겠다."

중년인은 으르렁거리면서 상체를 굽혔다. 마학사의 품속을 뒤지려는 것이다.

'지금이다! 어서 공격해라!'

마학사는 말은 못하고 툭 불거진 눈을 더욱 부릅뜨면서 대무영에게 신호를 보내려고 애썼다.

중년인이 비록 대단한 고수지만 마학사의 품속을 뒤지고 있을 때 암습하면 그를 제압할 승산이 있다.

그러나 마학사는 대무영이라는 촌놈을 전혀 모르고 있다. 그는 암습 같은 비겁한 짓은 하지 않는다. 그런 짓을 할 이유가 없기 때문이다.

대신 그는 자신만의 방법을 선택했다. 정정당당하게 나서는 것이다.

"이것 보시오. 노인을 괴롭히면 되겠소?"

"헛?"

중년인은 깜짝 놀라 허리를 펴는 것과 동시에 목소리가 들려온 곳을 향해 몸을 날리며 다짜고짜 언월도를 맹렬하게 휘둘렀다.

그아악!

대무영은 중년인이 순식간에 자신과 같은 높이로 솟구치는 것과 동시에 돌아서면서 언월도를 세로로 그어오는 것을 발견하고 움찔 놀라 다급히 바위를 박찼다. 중년인의 반응이 이토록 빠를 것이라고는 예상하지 못했다.

쾅!

언월도는 간발의 차이로 방금 대무영이 딛고 있던 바위를 무지막지하게 내려쳤다.

대무영이 허공에서 한 바퀴 공중제비를 돌아 강변의 자갈밭에 내려서자 중년인은 허공중에서 몸을 틀어 곧장 그를 향해 덮쳐갔다.

쩌껑…….

그때 언월도에 꼭대기 한가운데를 맞은 바위가 두 쪽으로 갈라져 육중하게 좌우로 쓰러졌다.

대무영은 그 광경을 보며 적잖이 놀랐다. 단지 쇠로 만든 무기로 집채만 한 크기에 단단하기 짝이 없는 바위를 쪼개다니 자신의 눈을 의심했다.

'진짜 고수다!'

대무영은 중년인 정도면 주도현과 비슷한 수준일 것이라고 생각했다.

"멈추시오! 나는 당신 적이 아니오!"

대무영은 불문곡직 자신을 공격하는 중년인을 향해 손바닥을 펼쳐 보이며 외쳤다.

'저 밥통 같은 놈. 그 좋은 암습 기회를 놓치고 허둥거리는

꼴이라니……. 쯧쯧.'

목뼈가 부러져서 죽을 위기에 처해 있던 마학사는 부리나케 강둑 위로 달아나면서 대무영을 돌아보았다.

그는 대무영의 선한 성품에 마음이 움직여서 어제 그에게 전신을 팔지 않았었다.

사실 마학사는 죽음의 전령사(傳令使)다. 그에게 전신을 산 강호인들은 거의 처참한 죽음을 당했다.

지금 대무영을 공격하고 있는 중년인은 그중에 한 명이었는데 운 좋게 죽음을 모면한 것이다.

마학사는 여러 명의 굉장한 절정고수와 모종의 거래를 하고 있으며 도패왕은 그중 한 명이다.

그리고 그는 어제 대무영에게 도패왕의 전신을 팔려고 했다가 그만두었다.

대무영이 도패왕에게 죽기에는 아까운 놈이라고 생각했기 때문이다.

대무영이 마학사에게 베푼 약간의 선행이 자신의 목숨을 건졌다고 마학사는 생각하고 있었다.

"이놈! 죽어랏!"

중년인은 쩌렁한 고함과 함께 대무영을 향해 무시무시하게 언월도를 그어왔다. 가히 폭풍 같은 무시무시한 위력과 쾌속한 빠르기다.

키아악!

대무영은 마치 거대한 산악이 자신에게 쏟아지는 듯한 위압감을 느꼈다.

중년인은 대무영이 생각했던 것보다 훨씬 더 뛰어난 고수가 분명했다.

그러나 원래 겁이나 두려움을 모르는 대무영이다. 또한 이런 상황에서는 패기가 솟구쳐서 일단 부딪쳐서 싸워보고 싶은 욕망이 들끓는다.

타앗!

그는 발끝으로 자갈밭을 박차며 중년인이 휘두르는 언월도를 향해 일직선으로 부딪쳐 갔다.

'저… 저 미친놈!'

강둑 위에서 중년인이 잡으러 오면 언제든지 도망칠 태세를 갖추고 있던 마학사는 그 광경을 보고 머리가 돌아버릴 것 같은 표정을 지었다.

대무영은 피하는 법을 모른다. 그에게 있어서 피한다는 것은 도망치는 것이다.

조금 전에 바위 위에 서 있을 때 그는 중년인의 공격을 받고 도망쳤었다.

그러나 지금은 호승심이 불끈 치밀어 유운검법 중에서 가장 위력적인 삼초식 구궁섬광을 전개하며 달려들었다.

두 발로는 구궁을 밟으면서 상체를 숙여 언월도를 아슬아슬하게 머리 위로 흘려보내고 중년인의 가슴팍으로 비호처럼 파고들며 목검을 떨쳐 섬광(閃光)을 피워냈다. 그의 목검은 가히 섬광처럼 중년인의 옆구리로 파고들었다.

스파앗!

중년인은 움찔했다. 한낱 애송이라고만 여긴 대무영이 믿을 수 없을 만큼 절묘하고 빠른 솜씨로 언월도를 피한 것은 물론이고 반격까지 하고 있는 것이다.

위이잉!

중년인은 허공을 벤 언월도를 회수하여 대무영의 상체 세 군데를 베어갔다.

육십 근 이상 나가는 언월도를, 더구나 한 번의 공격이 무위로 빗나간 상태에서 그것을 회수하여 재차 공격으로 이어가는 수법은 실로 절묘했다.

중년인은 대무영이 지금까지 상대했던 도전자들하고는 전적으로 격이 달랐다.

중년인은 뒤로 두 걸음 미끄러지듯이 물러나면서 대무영의 공격을 피하는 것과 동시에 언월도를 빛처럼 빠르게 좌우와 세로로 그어댔다.

쾌애액!

그 동작이 워낙 찰나지간에 일어났기 때문에 마치 방어와 공격이 동시에 일어난 것 같았다.

구궁섬광은 말 그대로 발과 몸으로는 구궁의 진법(陣法)을 밟으면서 검으로는 섬광을 일으키는 초식이며, 빠름이 특징이다. 그것을 대무영은 극쾌(極快)로 발전시켰다.

그런데 구궁섬광은 한 번 공격으로 끝나지 않고 아홉 차례 연이어서 뿜어낸다.

그래서 구궁이라고 한다. 말하자면 하나의 궁에 한 번의 공격, 즉 일궁일검(一宮一劍)인 것이다.

또한 최초의 일궁일검을 전개하면 중도에 멈추지 않는 한 계속 전개되며 점점 위력이 강해지고 속도가 빨라지는 장점을 갖고 있다.

피잇!

대무영의 두 발은 구궁을 밟으며 공격함으로써 방어하며 언월도를 피했다.

그와 동시에 일궁에서 이궁으로 이어지며 목검이 중년인의 옆구리를 노리고 섬광처럼 파고들었다.

스슷…….

쾌애액!

중년인은 물러나고 접근하면서 피하고 공격하는 것이 매우 능숙했다.

그것은 강호에서 수백 수천 번 고수들하고 목숨을 건 싸움을 통해서 얻은 실전경험이다.

대무영과 중년인은 눈 한 번 깜빡이는 순간에 이미 삼 합을 겨루었다.

'저 녀석이 저 정도였다는 말인가?'

강둑 위에서 지켜보고 있는 마학사는 자신의 눈을 의심해야만 했다.

그는 얼마 전에 낙양 화무관에서 대무영이 도전자들을 모조리 일 초식에 굴복시키는 광경을 보았었다.

그래서 그는 자신의 경륜과 날카로운 안목으로 대무영이 최소한 쟁천십이류의 패령이나 그보다 한 등급 위인 후선쯤 될 것이라고 판단했었다.

그래서 언사현에서 우연히 대무영을 발견하고는 그를 먹잇감으로 삼았던 것이다.

쐐애앵!

슈슈슉!

대무영과 중년인은 한 덩이가 되어 치열하게 싸웠다. 그들에게서 언월도와 목검이 허공을 가르는 소리가 삭풍보다 더 싸늘하게 흘러나왔다.

누가 보더라도 두 사람의 싸움은 우열을 가리기 어려운 용호상박인 것 같았다.

강둑 위는 관도다. 그곳에는 마학사뿐만 아니라 길을 가던

많은 행인이 모여서 두 사람의 싸움을 구경하며 감탄을 터뜨리고 있었다.

그러나 실상 중년인은 시간이 지나고 초식이 거듭됨에 따라 긴장의 도가 더해갔다.

그는 지금까지 수천 명하고 싸워봤지만 대무영 같은 놈하고는 머리털 나고 처음이다.

싸움이란 공격할 때와 피할 때가 있는 법이다. 그런데 이 어린놈은 공격만 퍼붓고 있다.

그런데도 언월도를 기가 막히게 피하고 있다. 아니, 언월도가 그를 피해가는 것 같았다.

반면에 중년인은 공격과 방어를 번갈아 하자니까 공격의 질에서 대무영보다 떨어질 수밖에 없다.

도대체 대무영의 목검은 너무 빨라서 한 줄기 빛 같았다. 그래서 상체를 비튼다든지 허리를 앞뒤로 굽히고 젖혀서 아슬아슬하게 피할 수가 없다.

그렇기 때문에 목검이 찔러오거나 베어오면 멀찌감치 뒤로 물러났다가 다시 공격할 수밖에 없는 상황이다. 어설프게 피하려고 들었다간 당하고 말 것이다.

또한 언월도는 대무영의 옷자락조차 건드리지 못하고 있다. 중년인은 자신이 속도 면에서 대무영에게 뒤지고 있다는 사실을 피부로 느끼기 시작했다.

반면에 대무영은 초식이 거듭될수록 자신감이 생겼다. 그는 자신이 중년인보다 빠르다는 사실을 깨달았다.
　싸움의 승패를 결정하는 것은 위력이 아니라 빠름이다. 간발의 차이라도 빠른 쪽이 이긴다. 상대보다 내가 먼저 찌르거나 베면 그것으로 끝인 것이다.
　대무영은 세 번째 구궁섬광을 전개하기 시작했다. 벌써 중년인하고 십팔 초를 겨룬 것이다.
　그는 다른 초식을 사용하지 않고 구궁섬광으로 끝장을 내리라 마음먹었다.
　'이 자식 괴물이다……'
　세 번째 구궁섬광이 전개되며 대무영의 목검이 번뜩거리면서 온몸으로 파고들자 중년인은 내심 신음을 토했다.
　그는 이런 식으로는 오히려 자신이 당할 수도 있다는 염려가 생겨서 이제부터 전력을 다해 공격을 퍼부어야겠다고 작정했다.
　키우웃!
　갑자기 언월도의 속도가 빨라지며 대무영의 머리와 가슴, 옆구리, 하체로 소나기처럼 쏟아졌다.
　그걸 보고 마학사는 흠칫했다.
　'혈륜광도(血輪狂刀)다!'
　숨 쉴 틈조차 없이 소나기처럼 공격이 퍼부어지기 때문에

상대는 마치 거대한 피의 바퀴가 미친 듯이 굴러오는 착각에
빠진다고 하여 혈륜광도라는 이름이 붙었으며 중년인의 절초
식이다.

파파파아아!

대무영은 온몸으로 쏟아지는 언월도를 보고 움찔했다. 자
칫 터럭만 한 실수라도 하면 온몸이 난도질당해 고깃덩이로
변하고 말 상황이다.

그러나 그는 피하지 않았다. 피하는 방법 따윈 모른다. 오
히려 그는 지금 상황을 결판을 낼 기회로 삼았다. 순간 그의
눈이 십여 자루로 보이면서 쏟아져 오는 언월도의 각도를 빠
르게 살폈다.

슈악!

순간 바늘 하나 들어갈 빈틈을 찾아낸 그는 비스듬히 몸을
눕히며 쏘아갔다.

"저 미친놈!"

마학사가 눈을 부릅뜨고 고함을 지를 때, 대무영은 난무하
는 언월도의 빗살 속으로 스며들었다.

중년인은 빗살처럼 퍼붓는 공격을 비집고 한 자루 목검이
튀어나오는 것을 발견했다.

'말도 안 돼…….'

빡!

"큭!"

그 목검이 중년인의 미간을 짧고 강하게 내려쳤다. 별로 힘도 주지 않고 장난으로 때린 것 같았다.

그 순간 언월도의 미친 듯한 공격, 혈륜광도가 뚝 정지했다. 그리고 대무영은 허공에서 빙그르 한 바퀴 회전하고는 자갈밭에 가볍게 내려섰다.

"너… 누구냐?"

언월도가 무거운 듯 축 늘어뜨린 중년인은 눈을 껌뻑이면서 대무영을 보며 더듬거렸다.

"명협 단목검객 대무영이오."

"허……. 내가 명협 따위에게……."

중얼거리면서 그의 몸이 뒤로 스르르 넘어가더니 묵직하게 쓰러졌다.

철벅!

"이… 이건 말도 안 된다……."

강둑 위에 서 있던 마학사는 그 자리에 털썩 주저앉으며 신음을 흘렸다.

대무영은 목검을 어깨에 꽂고는 주위를 두리번거리다가 마학사를 발견하고 그에게 걸어갔다.

그런데 마학사는 강둑 위에서 구르듯이 대무영을 향해 달려 내려왔다.

아니, 그는 대무영을 지나쳐 쓰러져 있는 중년인에게 달려가 그의 몸 위에 엎어졌다.

대무영은 돌아서서 지켜보다가 마학사가 중년인의 품속을 뒤지다가 허리춤에서 뭔가를 풀어 자신의 품속에 넣는 것을 발견했다.

'쟁천증패?'

순간적으로 얼핏 본 것이지만 그것은 틀림없는 쟁천증패였다. 다만 대무영의 푸른색 명협증패하고 색깔이 다른 자주색이었다.

"그거 쟁천증패 아니오?"

마학사는 움찔 놀라 일어서더니 두 손을 저었다.

"무, 무슨 소린가? 난데없이 쟁천증패라니?"

"방금 저 사람 괴춤에서 쟁천증패를 풀어 당신 품속에 넣지 않았소?"

'끙! 이놈은 눈도 빠르군.'

그러나 순순히 포기할 마학사가 아니다. 방금 그가 품속에 넣은 것을 판다면 족히 은자 수십만 냥, 잘하면 백만 냥도 받을 수 있을 텐데 포기라니 말도 안 된다.

그는 시치미 뚝 떼고 고개를 가로저으며 걸음을 옮겼다.

"그런 일 없네."

그가 대무영을 지나쳐 걸음을 빨리하려고 할 때 뒤에서 조용한 목소리가 들렸다.
"이제 보니 당신 나쁜 사람이로군?"
마학사는 불길한 예감에 걸음을 뚝 멈췄다.
"목숨을 구해준 내게 거짓말까지 하다니, 당신은 거짓말을 너무 잘하는군."
마학사가 돌아보자 대무영이 정색을 하고 차갑게 그를 쏘아보고 있었다.
마학사는 일이 좋지 않은 쪽으로 흘러간다고 생각하고 곧 너털웃음을 터뜨렸다.
"허허헛! 노부가 잠시 장난을 한 것 같고 무얼 그리 정색을 하는 겐가?"
"나는 다른 것은 몰라도 상대가 진심인지 거짓인지는 알아볼 수 있소."
마학사는 속에서는 천불이 치밀지만 얼굴에는 비굴한 웃음을 지으며 요미걸련(搖尾乞憐), 불쌍한 개가 꼬리를 흔들며 애걸을 하듯 손바닥을 비볐다.
"노부는 자네에게 거짓말을 하지 않네."
그는 얼른 품속에서 쟁천증패를 꺼내 두 손으로 대무영에게 내밀었다.
"자. 여기 있네. 이제 이건 자네 것일세."
대무영은 쟁천증패를 받아서 이리저리 살펴보았으나 글을

모르는 터라 그게 무엇인지 알 수가 없었다.

하지만 마학사에게 묻고 싶지는 않았다. 또 거짓말을 할 것이라고 생각한 것이다.

대무영은 한 번 믿은 사람은 끝까지 믿지만, 한 번 속임을 당한 사람은 죽어도 믿지 않는다.

第十八章
군주(君主)가 되다

대무영은 언사현에서 이백여 리 떨어진 중모현에서 공부를 찾는 일도 실패했다.

언사현과 중모현 두 곳에서 공부를 만나는 것을 실패한 그는 쟁천당에서 파는 전신이 믿을 것이 못 된다는 사실을 깨달았다,

그는 무란청 집을 떠난 지 닷새 만에 돌아왔으나 목적을 달성하지 못했다는 것 때문에 풀이 죽었다.

마학사와 헤어진 이후에도 그의 머릿속에서 줄곧 떠나지 않는 한 사람의 모습이 있었다.

소운상이다. 처음에는 자꾸만 그리운 모친과 그녀의 얼굴이 겹쳐서 떠오르더니 나중에는 소운상 얼굴만 뇌리에 아로새겨졌다.

'운검문이라고 했었지?'

그녀는 자신이 운검문에 살고 있으니 언제든지 찾아오면 은혜를 갚겠다고 말했었다.

그러나 대무영은 보답을 바라고 그녀를 도운 것이 아니기 때문에 운검문에 가고 싶지 않았다.

차라리 그런 일이 없었더라면 모른 체하고 은근슬쩍 찾아가보겠지만, 지금 찾아가면 보답을 바라고 온 것처럼 비춰질 테니 영 마뜩치 않았다.

대무영이 불과 닷새 만에 돌아왔지만 무란청의 가족들은 마치 몇 년 만에 상봉한 것처럼 반가워서 끌어안고 어루만지며 난리가 났다.

그가 집에 도착한 시각은 주루의 손님이 가장 많을 초저녁인 유시(6시) 무렵인데, 아란과 청향은 주루의 영업을 서둘러 마쳤다. 그리고는 푸짐하게 요리를 하여 가족들끼리 둘러앉았다.

저녁식사 겸 술자리는 밤이 늦어서야 끝나고 다들 뿔뿔이 자기 방으로 돌아갔다.

다만 북설과 용구만 대무영을 따라 그의 방으로 함께 들어섰다.

"갔던 일은 어떻게 됐어 조장?"

그것이 몹시 궁금했던 북설은 궁둥이를 의자에 붙이기도 전에 서둘러 물었다.

만약 대무영이 공부증패를 획득했다면 쌍명협에다가 공부까지 겸했으므로 앞으로는 장사가 훨씬 더 잘될 것이라고 생각한 것이다.

"두 군데 갔었는데 다 못 만났다."

탕!

"젠장! 헛수고만 했잖아!"

북설은 신경질적으로 외치며 손바닥으로 탁자를 세게 내려쳤다.

"닷새 동안 도전자들하고 싸웠으면 족히 천 냥 이상은 벌었을 거야."

"그랬겠군."

대무영이 고개를 끄떡이고 있는데 청향이 간단한 요리와 술이 담긴 쟁반을 갖고 들어왔다.

원래 이런 일은 아란이 즐겨서 하는데 얌전한 청향이 갖고 왔다는 것이 이상했다.

그런데도 그런 방면에 무딘 대무영은 별 신경을 쓰지 않고 청향을 보며 벌쭉 웃었다.
"고마워. 작은누나."
"뭘 이런 걸 갖고······."
청향은 부끄러워서 얼굴을 살짝 붉히는데 그녀와 용구의 시선이 마주쳤다.
용구는 상냥한 미소를 짓는 데 반해 그녀는 더욱 얼굴을 붉히며 당황했다.
"후딱 놓고 나가."
눈치가 누구보다 빠른 북설은 오래전부터 용구와 청향이 눈이 맞아서 서로 좋아하게 되었다는 사실을 벌써부터 짐작하고 있었다. 그녀는 수줍어하는 청향에게 차갑게 면박을 주었다.
"북설."
"왜?"
기분이 영 좋지 않은 북설은 대무영의 부름에 쨍한 목소리로 대답했다.
"사과해라."
"뭘······?"
그러다가 대무영이 굳은 표정을 짓고 있는 것을 보고 어눌하게 물었다.
대무영은 놀라서 허둥지둥 탁자에 요리와 술을 내려놓고

있는 청향의 팔을 잡고 멈추게 하고는 자신의 옆으로 당겨서 서게 했다.

"작은누나에게 방금 한 말 사과해라."

"쟤한테 내가?"

"작은누나에게 쟤라고 했느냐?"

대무영의 미간이 좁혀졌다. 그는 아란과 청향 등을 가족이라고 생각한다.

또한 용구와 북설도 가족이라고 생각하므로 한 살 어린 북설이 청향에게 함부로 하는 것을 용서하지 못했다.

눈치 빠른 북설은 즉시 대무영의 의도를 알아차렸다. 그러나 강호인도 아닌데다 일개 아녀자인 청향에게, 그것도 대무영의 도움으로 빌붙어 사는 그녀에게 사과할 생각은 추호도 없었다.

"못해."

"그럼 이 집에서 나가라."

대무영은 가차없이 냉랭하게 말했다.

"뭐?"

"넌 내 가족이 될 자격이 없다."

"가족?"

북설은 움찔했다. 그녀는 방금 대무영의 말에서 한 가지 큰 것을 깨달았다.

대무영이 지금까지 그녀를 가족의 일원으로 여기고 있었다는 사실이다.

그럴 것이라고는 상상조차 하지 못했던 북설은 뒤통수를 호되게 한 방 얻어맞은 것 같은 기분에 사로잡혔다.

대무영이 오룡방을 떠나서 아란과 청향네와 함께 이곳에 자리를 잡았을 때부터 그는 이곳에 함께 온 사람들을 가족으로 여긴 것이 분명했다.

가족이었기에, 북설도 가족이라고 여겼기 때문에 그녀가 대무영을 돈벌이의 수단으로 삼을 수 있었던 것이다. 달리 말하면, 가족이라고 여기지 않았다면 대무영은 그런 일을 절대로 하지 않았을 것이다.

이제 보니까 대무영은 순박하고 멍청한 바보가 아니라 주관이 뚜렷한 사내였다.

'그랬던 거야?'

북설은 새삼스러운 표정으로 대무영을 쳐다보았다. 그러나 그는 여전히 완고한 표정으로 그녀를 마주 쏘아보고 있었다. 그녀가 청향에게 사과하기를 기다리고 있는 것이다.

그를 보자니 문득 북설은 유치한 생각이 들어 고개를 모로 꼬고 툭 내뱉었다.

"조장은 나하고 쟤하고 누가 중요하지?"

"자꾸 쟤라고 할 테냐?"

북설은 찔끔했다. 유치한 질문을 했던 것이 더 유치한 꼬락서니가 돼버렸다.

"향… 언니."

"알고 싶으냐?"

북설은 대무영의 단호한 표정을 보고는 어떤 대답이 나올지 짐작하고 손을 저었다.

"아냐. 됐어."

대무영이 청향을 더 소중하다고 대답하면 기분이 더러워질 것 같았다.

"그럼 제대로 해봐."

북설은 대무영의 집요함에 발끈했다.

"그럼 조장도 나보다 어리니까 날 누나라고 불러."

"북설 누나."

"……."

대무영이 촌각의 망설임도 없이 누나라고 부르자 북설은 말문이 막혔다.

"됐어. 그만둬. 징그럽다."

북설은 오만상을 쓰며 휘이휘이 손을 내저었다. 그로써 그녀는 대무영이 '가족'이라는 것에 얼마나 정성을 쏟고 있는지 깨달았다.

더구나 그녀는 대무영을 돈벌이로 끌어들이는 대신 그의

말에는 절대복종하겠다고 약속했었다. 그러므로 청향을 언니라고 부르는 것쯤은 못할 이유가 없다.

"향 언니. 미안해."

"아, 아유……."

청향은 당황해서 어쩔 줄 몰랐다. 그러나 대무영은 그녀를 보며 부드럽게 미소 지었다.

"작은누나는 자격이 있어요."

"내가 무슨 자격이 있다고……."

청향은 대무영이 자신을 이렇게까지 생각한다는 것을 알고는 감격하여 눈물을 글썽였다.

"대 형. 여행하는 동안에 별일 없었소?"

조용하게 술자리가 돌아가다가 용구가 어색한 침묵을 깨고 물었다.

북설은 청향이 나간 이후 불퉁한 표정으로 입을 꾹 닫고 술만 마시고 있었다.

대무영은 생각난 듯 용구에게 물었다.

"용 형. 혹시 마학사라는 이름을 알고 있소?"

대무영은 별로 기대하지 않았는데 뜻밖에도 용구는 고개를 끄떡였다.

"알고 있소. 그는 강호에서 매우 유명한데 가장 괴팍한 인물 중에 한 명으로 통하고 있소."

시골무사 출신인 용구가 알고 있을 정도면 마학사는 꽤 유명한 인물인 것 같았다.

대무영은 고개를 끄떡였다.

"음. 괴팍하긴 하더군."

용구는 물론 북설까지 크게 놀랐다.

"그를 만났었소?"

"그 노인은 거짓말쟁이였소."

대무영은 생각하고 싶지도 않다는 듯 손을 내저었다.

"어떤 인물인지 말해주시오."

용구는 북설을 턱으로 가리켰다.

"나보다는 북설이 더 잘 알 것이오."

용구가 감히 겁도 없이 이름을 부르자 북설은 발끈해서 쌍심지를 돋우었다가 대무영 앞이라 감히 발작하지 못하고 한숨을 내쉬었다.

"마학사는 한마디로 설명하기 어려운 인물이야. 하지만 분명한 것은 천재적인 사기꾼이야."

"음."

대무영은 충분히 납득한다는 듯 고개를 끄떡였다. 그가 보기에도 마학사는 더도 덜도 아닌 딱 사기꾼이었다. 그런데 북설의 다음 말이 조금 흥미를 끌었다.

"그리고 마학사는 천하에 모르는 것이 없을 정도로 무불통지(無不通知)야. 하지만 그에게서 뭔가를 알아내려면 돈을 지불해야만 한대."

대무영은 무불통지가 무슨 뜻인지는 모르지만 그 말 전에 북설이 '천하에 모르는 것이 없다'라고 말했기 때문에 대충 알아들었다.

북설은 손가락 하나를 세웠다.

"그리고 마지막 하나. 그는 쟁천십이류의 후선이야."

"후, 후선?"

대무영은 얼마나 놀랐는지 자리를 박차고 일어서며 눈을 휘둥그렇게 떴다.

마학사가 후선일 줄은 꿈에서도 상상조차 하지 못했었다. 후선이라면 쟁천십이류의 아홉 번째이고 명협보다 세 등급이나 높다.

"왜 그래?"

대무영은 씁쓸한 표정으로 다시 자리에 앉았다.

"마학사에게 후선증패를 얻을 수 있는 기회를 놓쳤다."

마학사가 후선이라는 사실을 진작 알았더라면 그와 정식으로 싸워서 후선증패를 획득하는 것인데 너무 아까웠다. 하지만 그가 후선일 것이라고는 상상도 못했었다.

"어떻게 된 거야? 어서 말해봐."

북설이 안달복달하며 채근하자 대무영은 마학사를 만난 이후의 일들을 대충 설명해 주었다.
　그의 설명이 끝났을 때 북설과 용구는 일어나 있었다. 설명을 듣는 동안 놀라움이 경악으로, 경악이 혼비백산으로 이어지는 바람에 도저히 앉아 있을 수가 없었다.
　두 사람은 말을 잃어버리고 한동안 서 있다가 북설이 더듬거리듯이 물었다.
　"조장. 마학사를 죽이려고 했던 인물을 이기고 나서 쟁천중패를 뺏었어?"
　그녀는 마학사를 그처럼 간단하게 제압할 정도의 인물이라면 최소한 후선 이상일 것이라고 확신했다.
　대무영은 마학사가 후선이라는 사실을 몰랐었기 때문에 그런 짐작을 하지 못했었다.
　단지 중년인에게서 얻은 쟁천중패가 명협중패하고는 색깔이 달라서 최소한 명협중패보다는 위 등급일 것이라고 막연히 추측하고 있었다.
　탁!
　"이거다."
　"와!"
　"허엇!"
　대무영이 중년인에게서 얻은 쟁천중패를 탁자에 내려놓자

북설과 용구는 귀신을 본 듯한 표정을 지었다.
 두 사람은 서로의 얼굴을 마주보며 확인을 했다.
 "이거 맞지?"
 "실물은 한 번도 본 적이 없지만 맞는 것 같소."
 대무영은 두 사람의 표정을 보고 자신이 갖고 온 쟁천증패가 꽤 대단한 것일지도 모른다는 생각이 들어 조심스럽게 물어보았다.
 "설마… 이거 후선증패냐?"
 북설이 빽 소리쳤다.
 "밥통! 조장은 글도 몰라?"
 "응. 모른다."
 북설은 너무 놀라고 두려워서 감히 탁자의 쟁천증패를 만질 엄두조차 내지 못했다.
 "이건 군주증패(君主證牌)야……. 말도 안 돼……. 어떻게 이런 걸 갖고 오다니……."
 심모원계(深謀遠計)에 능한 그녀지만 감히 군주증패를 어떻게 이용해서 돈벌이를 해야 할지 이 순간만큼은 머리가 돌아가지 않았다.
 "군주증패? 정말이냐?"
 후선 한 등급 위가 군주다. 명협하고는 무려 네 등급이나 차이가 난다.

북설은 군주중패에 손도 대지 못하고 손가락으로 글자를 하나씩 가리켰다.
　"여기 새겨져 있잖아. 군.주.중.패라고."
　"그가 군주였다니……."
　반쯤 정신이 나간 대무영은 믿어지지 않는다는 얼굴로 중얼거렸다.
　그가 싸운, 그리고 죽인 중년인이 대단한 고수라는 생각은 했었다.
　그러나 그와 싸웠을 때 자신이 전력을 다했었다는 생각은 들지 않았다.
　정확하게 전력의 몇 할이라고 할 수는 없지만, 어쨌든 중년인이 호적수(好敵手)는 아니었다.
　북설과 용구는 새삼스러운 표정을 지으면서 대무영을 쳐다보았다.
　"정말 믿어지지 않는군. 조장이 군주가 되다니……."
　"대 형이 고강한 줄은 짐작했었지만 군주를 이길 줄은 꿈도 꾸지 못했소."
　대무영은 군주중패를 만지작거리며 고개를 갸우뚱했다.
　"그런데 내가 죽인 그자는 누구지?"
　"죽였어? 군주를?"
　"그래. 죽일 생각까지는 없었는데 목검으로 미간을 찌르니까 죽어버리더군."
 "찔렀더니 죽었다고?"
 북설과 용구는 기겁해서 자지러지며 털썩 의자에 주저앉았다. 조금 전에 대무영은 중년인을 이겼다고만 했지 죽였다는 말을 하지는 않았었다.

 시간이 흘러도 북설과 용구는 놀라움이 쉬이 가라앉지 않았다. 외려 시간이 흐를수록 대무영에 대한 신비함과 경이로움이 더욱 증폭되었다.
 북설은 놀라워하면서도 대무영이 죽인 군주가 누구인지 그가 설명해 준 것을 바탕으로 곰곰이 기억을 되살려 보았으나 도통 알 수가 없었다.
 "내일이면 알 수 있을 거야."
 결국 그녀는 생각하는 것을 포기하고 그렇게 말했다.
 "새로운 쟁천십이류가 탄생하면 무림청에서 방을 내걸 테니까 그걸 보면 알 수 있어."
 "그런가?"
 북설은 대무영에 대한 언행이 많이 조심스러워졌다. 강한 자에게 약자가 꼬리를 감추는 것은 인지상정이다.
 하지만 그녀는 매우 시무룩했다. 이제 더 이상 대무영이 쌍명협으로서 돈벌이를 할 수 없을 테니까 말이다.

더구나 대무영이 군주를 죽이는 광경을 마학사가 목격했으니 무림청은 물론이고 강호에 소문이 파다하게 퍼지는 것은 불을 보듯이 뻔하다.

그렇게 되면 돈벌이는 고사하고 오히려 새로운 군주 단목검객에게 도전하는 고수들이 몰려들 것이다.

그들은 대부분 군주 아래 등급인 후선이나 그 아래 패령쯤 될 터이다.

그렇기 때문에 북설이 아무리 강심장이라고 해도 그런 고수들을 상대로 도전료를 내라느니 구경을 시켜줄 테니 구경값을 내라는 말은 할 용기가 나지 않는다.

또한 명협이 되려고 하는 사람들은 많지만 군주가 되려는 사람은 별로 없다.

쟁천십이류는 위로 올라갈수록 수가 현저하게 적어지기 때문이다.

그것은 설혹 도전료를 받는다고 해도 돈벌이가 되지 않을 것이라는 뜻이다.

돈벌이는 고사하고 대무영 옆에 붙어 있다가는 목이 열 개라도 남아나지 않을 것이다.

그래서 북설은 지금 이 시점에서 자신이 할 수 있는 유일한 한마디를 오만상을 쓰면서 내뱉었다.

"젠장. 술이나 마시자."

다음 날 북설과 용구는 아침 일찌감치 낙양 무림본청으로 달려갔다.

대무영은 자신에게 죽은 군주가 누군지 궁금했으나 애가 탈 정도는 아니었다.

그는 아란과 청향이 정성껏 차린 아침식사를 가족들과 둘러앉아서 이런저런 담소를 하면서 먹었다.

식사시간이면 아란은 늘 그의 옆에 붙어 앉아서 어머니가 어린 아들에게 하듯 식사시중을 들었다.

그가 잘 먹으면 웃으면서 궁둥이를 두드려 주고 생선가시를 발라주고 고기의 살점을 떼어 밥그릇에 놓아주는 등 어머니 같은 하녀노릇을 도맡았다.

대무영은 명실공히 이 집안의 가장(家長)이다. 누가 시킨 것도 아니고 그가 자진해서 나선 것도 아니지만 이러구러 어느덧 가장이 돼버렸다.

그 자신은 아직 가장이라는 실감이 잘 나지 않는데 가족들은 그게 아니었다.

지금의 이 행복과 화목을 만들어준 사람이 대무영이기에 오로지 그만 바라보고 또 믿고 있는 것이다.

"오라버니. 우리 서원(書院)에 글 배우러 다니는 거 모르고 있죠?"

막내 청옥이 자랑하듯이 종알거렸다.
"그래?"
"대언니께서 학문을 하라고 하셔서 사흘 전부터 우리 둘이 근처 서원에 다니고 있어요."
대무영 옆에 바짝 붙어 앉은 청옥은 옆에 앉은 청미를 팔꿈치로 건드리며 신나게 떠들었다. 대언니란 아란을 가리키는 것이다.
대무영도 글을 배우고 싶었다. 어린 시절에는 글을 배울 만한 형편이 아니었다.
지금이라도 배우고 싶지만 엄두가 나지 않았다. 청옥과 청미가 조금 부럽다는 생각이 들었다.

대무영은 아침식사 후에 자기 방으로 돌아와서 창가 탁자 앞에 앉아 창을 활짝 열고 고즈넉이 생각에 잠겼다.
우연한 기회에 소운상을 만난 이후 걸핏하면 그녀의 모습이 눈앞에 삼삼하게 떠올라서 도통 떠나지 않는다.
그녀를 여자로 느끼는 것은 아니다. 그는 아무리 아름다운 여자를 봐도 여자로 느끼지 않는다.
아니, 느낄 줄을 모르고 있다. 철이 들 만한 열 살 때부터 줄곧 산에서 생활했기 때문이다. 그래서 그는 소운상에게서 단지 어머니를 느낄 뿐이다.

그런데 이상한 일은, 점차 어머니의 모습은 사라지고 그녀가 생각난다는 사실이었다. 어머니가 소운상에게 여과(濾過)된 듯한 기분이다.

문득 대무영은 상의를 들어 올리고 자신의 허리띠에 묶여 있는 자주색의 군주증패를 물끄러미 굽어보았다.

엿새 전까지만 해도 그는 명협이었는데 이제는 군주가 되었다. 한 등급 위 공부가 되려고 그렇게나 애썼는데 졸지에 무려 네 등급이나 상승한 것이다.

'내가 군주라니……'

중년인을 죽이고 얻은 쟁천증패가 군주증패라는 사실을 알게 된 지 하루가 지났는데도 아직 그 사실이 실감이 나지 않았다.

'이제부터 어떻게 할까?'

내심 생각해 봤지만 막막하기만 했다. 고심을 하고 계획을 세우는 것은 그하고는 거리가 멀다. 그는 생각보다는 내키는 대로 행동하는 편이다.

다만 한 가지만은 분명해졌다. 이제는 군주 위의 등급을 쟁취해야겠다는 사실이다.

군주 바로 위 등급인 존야(尊爺)는 쟁천하류의 최고등급이다. 존야를 넘어서면 쟁천상류에 진입할 수 있다.

'최소한 쟁천상류에 들어야 강호에 이름을 날릴 수 있지

않을까?'

그런 생각을 하자 또 다른 생각이 뒤따랐다.

'지금처럼 집에 있어서는 존야나 그 위의 등급을 만날 기회가 없을 것이다.'

그러나 집을 떠난다는 것은 한 번도 생각해 본 적이 없었다. 그가 존야를 꺾고 쟁천상류가 되려면 집을 떠나야만 하는데, 며칠 외출을 하는 것이 아니라 몇 년 아니면 더 오래 집을 등져야만 할 것이다.

지금 그는 강호에서 이름을 날려야 한다는 목적을 제외하면 그 어느 때보다도 행복했다.

부모님에 누나들과 누이동생들, 조카들, 그리고 최상의 친구인 용구와 북설. 그들을 떠날 용기가 생기지 않았다.

그때 거리 쪽이 시끄럽고 어수선해졌다. 많은 사람들이 고함이나 함성 같은 것을 지르는 것 같았다.

무슨 일인지 창 밖으로 귀를 기울였으나 아우성소리만 들릴 뿐이다.

주루 무란청 앞 거리에 나와 본 대무영은 왼쪽과 오른쪽에서 소란이 벌어지고 있는 것을 알게 되었다.

왼쪽에서는 고함과 비명 소리, 아우성이 터져 나왔고, 오른쪽에서는 기쁨과 환희의 함성이 터졌다.

왼쪽으로 곧장 오백 장쯤 가면 수많은 기루, 즉 유명한 낙수천화가 나오고, 오른쪽으로는 이십여 장만 가면 하남포구가 나온다.

그 소리에 놀라서 무란청 안에 있던 손님들과 아란, 청미, 청옥도 밖으로 나왔다가 대무영을 발견했다.

대무영이 낙수천화 쪽에서 달려오는 사람을 붙잡고 물어보니 그곳에 수적(水賊)이 나타나서 낙수천화 기루들을 약탈했다는 놀라운 사실을 말해주었다.

하남포구 쪽에서 오는 다른 사람에게 물어보니까 하남포구에 조금 전 한 척의 배가 도착했는데 그 배에 천하제일미로 칭송받고 있는 옥봉검신(玉鳳劍神) 우지화(禹芝花)가 타고 있다는 것이다.

그래서 사람들이 그녀를 먼발치에서라도 보기 위해서 구름처럼 몰려들었다고 한다.

그런데 대무영을 혼비백산하도록 놀라게 만든 것은 옥봉검신 우지화가 쟁천십이류의 세 번째인 신위(神位)라는 사실이었다.

'신위라니……'

그 말을 듣고 대무영은 멍한 표정이 되었다. 그가 엿새 전에 획득한 군주로부터 다섯 등급이나 높으며, 천무의 두 단계 낮은 신위라는 것이 도대체 얼마나 높은 존재인지 짐작조차

할 수가 없었다.

대무영은 홀린 듯한 표정으로 하남포구 쪽을 쳐다보았다. 그는 당연히 신위 옥봉검신 우지화가 있다는 하남포구로 가 보고 싶었다.

"뭘 하느냐 무영아? 어서 달려가서 사람들을 구해라!"

그때 다급한 표정의 아란이 대무영을 왼쪽, 즉 낙수천화 쪽 으로 떠밀었다.

잠시 후 낙수천화에 도착한 대무영은 거기서 벌어져 있는 광경을 보고 대경실색했고 그다음에는 주먹을 움켜쥐고 치를 떨었다.

그는 전쟁이라는 것을 겪어본 적이 없지만 만약 전쟁이 휩 쓸고 지나간 자리가 있다면 지금 그가 보고 있는 낙수천화가 그럴 것이다.

낙수천화 백여 채의 기루는 장장 일 리에 걸쳐서 낙수 강변 을 따라 길게 늘어서 있다.

그런데 지금 낙수천화의 상류 쪽 십여 채의 기루가 거센 불 길에 휩싸여 있었다.

콰아아—

불타고 있는 기루의 끝에 경계를 이루고 있는 불타지 않은 기루의 사람들은 호위무사와 숙수들, 심지어 기녀들까지 몰려 나와서 기루에 물을 끼얹으며 불이 옮겨 붙는 것을 필사적으로 저지하고 있다.

한창 거세게 불타고 있는 십여 채의 기루는 마른하늘에서 갑자기 소나기가 쏟아지지 않는 한 어떻게 손을 써볼 방법이 없을 듯했다.

불타고 있는 기루들 앞쪽 거리에는 죽은 시체들이 즐비했으며 대다수가 부녀자, 그리고 기녀였다.

수적들은 낙수천화의 백여 채 기루 중에서 가장 끝에 있는 십여 채의 기루를 표적으로 삼아 집중적으로 살인, 약탈, 납치, 방화를 저질렀다.

악마처럼 날뛰는 수적들의 손에서 구사일생 목숨을 건진 몇몇 사람은 맹렬하게 불타고 있는 각자의 기루 앞 멀찌감치 떨어져 퍼질러 앉아서 허망하기 짝이 없는 몽환포영(夢幻泡影)의 모습을 하고 있거나 하늘을 향해 울부짖으면서 땅바닥을 두드리며 규천호지(叫天呼地)의 처절한 모습을 하고 있었다. 오늘 아침 낙수천화는 절망의 늪으로 변해 버렸다.

기루의 아침나절이면 모두 곤히 자고 있을 때인데 수적들은 그때를 노리고 기척없이 조용히 배를 몰고 와서 천인공노할 짓을 저질렀다.

대무영이 불타고 있는 기루의 끝으로 다가가 강을 바라보니 저 멀리 상류 쪽으로 수적들이 탄 것으로 보이는 세 척의 배가 강을 거슬러 오르고 있었다.
"타고 쫓을 배가 없소?"
대무영이 사람들에게 물으니 그들은 고개를 가로저었다. 각 기루는 서너 척의 배를 소유하고 있으나 대부분 손님을 맞는 유람선이거나 조그만 나룻배여서 그것으로는 수적들이 탄 쾌속선을 도저히 추격하지 못한다는 것이다.
대무영은 수적들을 추격하는 것을 포기할 수밖에 없었다. 모두 끝난 일인데 이제 와서 수적들을 혼내봤자 죽은 사람들이 되살아나는 것은 아니다.
"기녀들이 많이 납치됐어요."
누군가 외쳤다. 그들은 목검을 메고 있는 삼류무사도 못 될 것 같은 겉모습을 지닌 대무영에게 별로 기대하지 않으면서 그저 넋두리처럼 웅얼거렸다.
"수적들은 기녀 삼십여 명을 끌고 갔어요. 그녀들은 수적 산채에서 온갖 고생을 하면서 죽을 때까지 풀려나지 못할 거예요."
"낙랑채(樂浪寨) 놈들이 분명합니다. 내가 똑똑히 봤어요."
"해란화(解蘭花)도 끌려갔어요. 그녀가 없으면 낙수천화를 찾는 손님이 크게 줄어들 거예요."
대무영은 사람들에게 듣고 몇 가지 사실을 알게 되었다.
오늘 아침에 낙수천화를 약탈한 수적은 낙랑채인데 낙수

상류에 흩어져 있는 십여 개 수적 중 하나라고 한다.

하남포구에 가면 낙수 상류 지리를 잘 아는 뱃사람이 몇 명 있으며, 아마 그들이 낙랑채의 정확한 위치를 알 거라는 말도 들었다.

해란화는 낙수천화 전체의 상징이며 자랑거리라고 했다. 그녀는 평범하게 살았으면 천하제일미가 되고도 남을 절색의 미모인데, 어쩌다가 기녀가 되어 타고난 미모와 팔방미인의 재주로 낙수천화의 명물이 되었다는 것이다.

第十九章
옥봉검신(玉鳳劍神)

대무영은 곧장 무란청에 들러 아란에게 은자 백 냥을 받아 쥐고는 하남포구로 향했다.
 그는 그곳에서 수적 낙랑채의 위치를 알고 있는 뱃사람들을 만나 그중 한 명에게 은자 열 냥을 줄 테니 위치만 가르쳐 달라고 했다.
 그러나 문제는 타고 갈 배가 없다는 것이다. 아란에게 받아 남은 돈 은자 구십 냥을 주겠다고 해도 선주들은 하나같이 고개를 가로저으며 배를 내주려고 하지 않았다.
 이유는 단 하나, 수적들 소굴인 낙수 상류에 갔다가는 살아서 돌아오지 못할 것이기 때문이다.

대무영은 배를 구하기 위해서 하남포구 곳곳을 여기저기 돌아다니다가 사람들이 많이 모여 있는 곳을 발견하고 급히 달려갔다.

겹겹이 둘러싼 수백 명의 구경꾼을 뚫고 들어가 보니까 예상하지 않았던 광경이 펼쳐져 있었다.

대무영은 경장을 한 십여 명의 무사가 반원형을 형성한 채 구경꾼들이 더 이상 접근하지 못하도록 막고 있어서 더 안쪽으로 들어가지 못했다.

하지만 그 너머에 한 척의 멋진 배가 포구에 정박해 있는 모습을 발견했다.

그리 크지 않지만 작지도 않은 배였다. 길이 십오 장 정도에 이층의 선실이 있으며, 무엇보다도 특이한 것이 돛이 세 개나 달렸다는 사실이다.

대무영은 옆에 있는 구경꾼에게 배를 가리키며 물었다.

"저 배는 빠르오?"

"두말하면 입 아프지. 커다란 돛이 세 개에 선체가 유선형으로 날렵해서 물의 저항이 적으니까 모르긴 해도 아마 날아다니는 속도일 거요."

'됐다.'

대무영은 무슨 일이 있어도 저 배 주인에게 배를 빌려야겠다고 생각했다.

 알아본 바에 의하면 낙랑채 수적들이 자신들의 산채로 돌아가려면 이틀 이상 걸린다고 했다.

 그러니까 저 배로 추격을 하면 충분히 따라잡을 수 있다는 계산이다.

 "배 주인 좀 만납시다."

 "물러나라!"

 대무영은 가로막고 있는 호위무사 앞으로 나섰으나 호위무사가 손으로 그의 가슴을 밀쳤다.

 그러나 대무영이 끄떡도 하지 않고 요지부동 서 있자 호위무사는 불끈 인상을 썼다.

 "이 자식이?"

 툭!

 "엇?"

 대무영은 호위무사하고 실랑이를 벌이는 것이 귀찮아서 어깨로 가볍게 밀치고 안쪽으로 성큼성큼 걸어 들어갔다. 호위무사는 볼썽사납게 바닥에 나뒹굴었다.

 "잡아라!"

 "저놈 막아라!"

 호위무사들이 우르르 몰려드는데 대무영은 훌쩍 몸을 날려 배의 갑판으로 단번에 올라섰다.

배는 줄에 묶여 있지만 포구에서 일 장 반 거리에 떠 있기 때문에 호위무사들은 따라오지 못하고 배에 연결된 널빤지를 향해 몰려갔다.

대무영은 눈앞에 펼쳐져 있는 뜻밖의 광경에 잠시 어리둥절한 표정을 지었다.

그가 내려선 곳은 배의 뒤쪽 갑판인데 둥근 탁자에 다섯 명이 둘러앉아 있거나 서 있는 광경이었다.

탁자 둘레에 앉아 있는 것은 일녀이남이며, 대무영은 여자를 보는 순간 자신도 모르게 눈을 동그랗게 떴다.

'무지하게 예쁘다······.'

그녀를 보면서 그가 느낀 첫 감정은 '천하에 존재하는 것들 중에서 가장 아름다운 존재'가 저기에 앉아 있다는 사실이었다.

얼마나 놀라고 감탄했으면 자신이 이 배에 오른 목적마저도 잠시 잊고 있을 정도다.

대무영은 그녀의 온몸에서 은은한 광채가 뿜어지는 것 같은 착각을 느꼈다.

은색의 화려하고도 산뜻한 능라금의(綾羅錦衣)를 입고 바닥에 끌리는 긴 치마를 입었으며 어깨에는 한 자루 보검을 메고 있는 모습은 한 마디로 여신(女神) 같았다.

대무영이 느닷없이 갑판에 올라서자 탁자 근처에 있던 다섯 명이 일제히 그를 쳐다보았다.
 그때 절세미녀 뒤에 나란히 우뚝 서 있던 두 명의 소녀 중 한 명이 대무영을 싸늘하게 쳐다보며 입을 열었다.
 "너는 뭐냐?"
 찾아온 사람에게 싸늘하게 불쑥 반말로 뭐냐고 묻는 바람에 대무영은 정신을 차렸다.
 "나는 이 배를 잠시 빌리려고 왔소."
 "이 배를?"
 두 소녀는 강호의 여고수인 듯 홍의 경장 차림에 검을 메고 있는데, 대무영의 말에 어이없다는 표정을 지었다.
 "너 이 배의 주인이 누군지 알고 있느냐?"
 대무영은 소녀가 자꾸 너라고 하대를 하고 안하무인격으로 말을 하는 것에 조금 기분이 나빠지려고 했으나 지금은 배를 빌리러 온 처지라서 참았다.
 "배 주인이 누구요?"
 "너 같은 놈은 알 것 없다."
 배 주인이 누군지 아느냐고 물어놓고서 대무영이 누구냐고 묻자 소녀는 알 것 없다고 면박을 주었다. 그것도 '너 같은 놈'이라고 했다.
 어쨌든 대무영은 참는 김에 계속 참기로 했다.
 "저 위 낙수천화의 기녀들이 낙랑채라고 하는 수적들에게 납치됐는데 지금 추격을 하면 그녀들을 구할 수 있을 것 같소. 그래서 배가 필요하오."

"기녀?"

두 소녀는 방금 전보다 더 어이없다는 표정을 지었다.

"너의 말은 고작 기녀 따위 때문에 소저의 여흥을 방해했다는 것이냐?"

'기녀 따위'라는 말에 대무영은 결국 참고 참았던 인내심이 한계에 도달하고 말았다.

그는 방금 말한 소녀를 가리키며 엄하게 꾸짖었다.

"소저가 누군지 모르지만 삼십여 명 기녀의 목숨이 소저의 여흥보다 가치가 없다는 말인가?"

"저놈이 감히!"

"사람의 목숨이란 누구나 다 평등한 것이다. 소저의 목숨이나 기녀 한 사람의 목숨은 다르지 않다."

"죽일 놈! 감히 소저를 기녀 따위에 비교하다니······."

창!

계속 말을 꺼냈던 소녀가 마침내 분을 참지 못하고 어깨의 검을 뽑으며 다가왔다.

그러나 그보다 먼저 호위무사들이 우르르 몰려와 대무영을 반원형으로 포위했다. 그가 뒤로 물러서면 다시 포구로 건너가야만 한다.

"소저. 잠시 불초의 말을 들어보시오."

그때 절세미녀의 맞은편에 앉아 있는 녹색과 청색이 적절하게 섞인 경장을 입은 한 청년이 조용히 입을 열었다.

절세미녀가 고개를 끄떡이자 청년은 대무영을 가리키면서 설명했다.

"불초가 보기에 저 사람은 요즘 낙양에서 명성을 얻고 있는 단목검객인 것 같은데, 불초가 알기로는 그는 매우 좋은 사람이오."

십팔 세쯤 되어 보이는 절세미녀는 섬섬옥수로 찻잔을 든 채 장미꽃잎 같은 입술을 나풀거렸다.

"어떻게 좋은 사람인가요?"

"그는 살수들에게 죽을 위기에 처했던 불초의 누이동생과 사제의 목숨을 구해주었소."

그 말을 듣고 대무영은 가볍게 놀라는 표정을 지으며 그를 쳐다보았다.

그렇다면 지금 말을 하고 있는 청년이 소운상의 오빠라는 것이다.

"호오……. 그는 과연 좋은 사람이군요. 전에는 소 상공의 누이동생을 구하고 지금은 기녀들을 구하겠다고 하니 그야말로 협객이로군요."

"그렇소."

"그래서 소 상공의 말은 지금 나더러 저자에게 이 배를 빌려주라는 건가요?"

"아니……."

소운상의 세 살 터울 오빠 소연풍(蘇延風)은 당황해서 얼굴까지 붉어졌다.

사실 그는 강호에 명성과 미명이 쟁쟁한 옥봉검신 우지화가 낙양에 온다고 하여 그녀를 마중하라는 부친의 명을 받고 이곳에 온 것이다.

그 역시 피가 끓는 젊은 청년이기에 명성만 듣고서도 평소 마음속으로 깊이 연모해 왔던 우지화를 직접 대면할 수 있는 기회라고 여겨서 기꺼이 달려왔다.

그런데 이곳에 누이동생 소운상을 구해주었다는 단목검객이 나타나서 다짜고짜 배를 빌려달라고 소란을 피울 줄은 전혀 예상하지 못했었다.

소운상이 설명해 준 바에 의하면 난데없이 나타난 목검을 메고 있는 사내는 단목검객이 분명했다.

소연풍은 대무영이 이 배에 불쑥 찾아온 이유를 알고 그의 말에 크게 공감했다.

소연풍 역시 의협심이 강한 부친의 영향을 많이 받아 불의를 보면 참지 못하는 성격이다.

하지만 그가 보기에는 대무영이 도와줄 사람을 잘못 선택

한 것 같았다.
 그가 소문으로 알고 있는 옥봉검신 우지화는 천하의 그 누구보다도 도도하고 오만하며 몇몇 사람을 제외한 거의 모든 사람을 발가락에 낀 때만큼도 못한 존재로 여기고 있는 것이다.
 그런 우지화가 수적들로부터 기녀들을 구하겠다는 대무영에게 선선이 배를 빌려줄 리가 없다.
 지금 상황으로 봐서는 외려 우지화가 대무영을 치도곤내지 않을까 적잖이 우려가 되었다.
 그래서 소연풍이 급히 나선 것이다. 누이동생을 구해준 은인이 좋은 일을 하려다가 이런 곳에서 봉변을 당하게 할 수는 없기 때문이다.
 절세미녀 옥봉검신 우지화는 차 한 모금을 마시고 나서 대무영을 쳐다보며 옥음을 흘렸다.
 "그럼 소 상공을 봐서 저자를 용서해 주기로 하겠어요."
 말과 함께 그녀가 가볍게 손을 젓자 대무영을 포위했던 호위무사들이 일제히 양쪽으로 갈라졌다.
 소연풍은 일어나서 정중하게 포권했다.
 "고맙소. 우 소저."
 그는 포권한 손을 흔들었다.
 "불초는 이쯤에서 물러갈까 하니 아무쪼록 우 소저께서 찾고자 하는 분을 무사히 찾기 바라겠소."

그가 물러간다는 말에 그의 옆에 앉아 있던 또 다른 청년의 입가에 흐릿한 미소가 피어났다.

그는 낙양을 대표하는 또 다른 명문세가인 군림보(君臨堡)의 소보주 함자방(咸玆邦)이다.

우지화가 온다는 소문에 낙양 전체가 들썩였는데 양대 명문인 운검문과 군림보에서 소문주와 소보주가 마중을 하러 나왔던 것이다.

그런데 소연풍이 먼저 자리를 뜬다고 하자 함자방은 연적(戀敵)이 한 명 사라진다는 생각에 회심의 미소를 짓고 있는 것이다.

우지화가 대무영을 용서해 주고 소연풍이 배를 떠남으로써 일은 정리되는 것처럼 보였다.

대무영은 강의 상류 쪽을 한 번 힐끗 보고 나서 우지화에게 다가갔다.

"대 형."

소연풍이 초면에도 호형하면서 그의 팔을 잡고 우지화에게 다가가지 못하게 만류했다.

대무영은 소연풍에게 벙긋 웃어 보이며 괜찮다는 손짓을 해 보였다.

그는 이곳에서 자신에게 유일하게 잘해주는 사람이 소연

풍이라고 생각했다.

　대무영은 우지화가 앉아 있는 탁자 건너편에 멈춰서 당당하게 요구했다.

　"이 배를 빌려주시오."

　"이놈이 그래도!"

　우지화 뒤에 서 있는 두 소녀, 즉 최측근 호위고수가 또다시 발끈하자 우지화가 손을 들어 제지했다. 이어서 대무영을 바라보며 나른한 표정으로 물었다.

　"내가 왜 배를 빌려줘야 하지?"

　대무영은 이 배의 여자들에게는 구태여 예의를 지킬 필요가 없다고 판단했다. 말하자면 오는 말이 고와야 가는 말도 고운 법이다.

　"너는 강호인이냐?"

　천하제일미라고 칭송이 자자한 옥봉검신 우지화에게, 더구나 쟁천십이류의 세 번째 등급인 신위에게 그것도 반말로 강호인이냐고 묻는 대무영이다.

　그의 말에 우지화 한 사람만 빼놓고 모두 혼비백산했다. 자고로 지금까지 그녀에게 이런 식으로 말한 사람은 한 명도 없었다.

　"대 형. 무슨 말을 그렇게 함부로……."

　"강호인이냐고 물었다."

대무영은 당황해서 만류하려는 소연풍을 손으로 제지하며 재차 우지화에게 물었다.
우지화는 이 무뢰한이 과연 어떻게 하는지 두고 보자는 식으로 주위 사람들이 발작하려는 것을 제지했다.
"내가 누군지 모르느냐?"
"옥봉검신 우지화라고 들었다."
우지화는 어이없는 듯 차가운 미소를 지었다.
"그런데도 내가 강호인이냐고 묻는 것이냐?"
"강호인이라면 마땅히 위기에 처한 사람들을 도와야 하는 것 아니냐?"
대무영이 말하는 것은 강호인들의 근본적이고도 최고 목적인 의협(義俠)이다.
하지만 그는 '의협'이라는 말을 잘 모르니까 그냥 자신의 의견을 말하고 있는 것이다.
"나더러 기녀들을 구하라는 것이냐?"
대무영은 씁쓸한 미소를 지었다.
"너를 보니까 그 정도로 좋은 사람 같지는 않다. 그러니까 배만 빌려다오."
"거절하겠다."
우지화는 일언지하에 거절했다.
소연풍이 다시 대무영의 팔을 잡아당겼다. 일이 더 커지기 전에 그를 구하려는 것이다.

"대 형. 이럴 게 아니라 빨리 다른 배를 구해봅시다. 나도 돕겠소."

대무영은 우지화에게서 비정함과 거만함을 느끼고 속이 뒤틀렸으나 소연풍에게서 느낀 정의로움과 따뜻한 인정으로 그것을 상쇄하려고 했다.

"알았소."

결국 그는 고개를 끄떡이고 몸을 돌렸다. 어서 빨리 이 구린내 나는 지저분한 곳을 벗어나고 싶었다.

"내가 아직 가라고 하지 않았다."

그런데 우지화의 냉랭한 목소리가 대무영의 뒷덜미를 붙잡았다.

대무영이 돌아서자 우지화는 찻잔을 내려놓고 꼿꼿한 자세로 그를 바라보았다.

"용서해 준다고 했을 때 떠났다면 목숨은 건질 수 있었을 것이다."

"우 소저. 꼭 이 사람을 죽여야만 하겠소?"

소연풍은 당황해서 어쩔 줄 몰랐다.

"그럼 소 상공은 내게 무례한 자를 용서해 주라는 건가요?"

"그는 의협을 행하기 위해서 우 소저에게 도움을 청한 것이잖소."

"호오······. 그럼 소 상공의 말은 내가 저자의 의협을 방해했다는 거로군요? 고로 나는 악녀로군요?"

"그, 그게 아니라······."

더욱 당황해서 어쩔 줄 모르는 소연풍을 우지화는 쳐다보지도 않고 축객했다.

"지금 당장 떠나지 않는다면 소 상공에게도 불똥이 튈지 모르겠군요."

"음······."

소연풍은 신음을 흘리면서 얼굴이 일그러졌다.

대무영은 자기 때문에 소연풍이 피해를 입는 것을 원하지 않았기에 아무 말 하지 않고 한쪽으로 그를 밀어냈다.

이어서 우지화를 향해 당당하게 우뚝 서서 미간을 좁히며 거침없이 내뱉었다.

"이제 보니 너는 똥보다 더러운 계집년이로구나."

"또··· 옹?"

우지화는 평생 이보다 더 지독한 욕을 들어본 적이 없다.

"이 자식! 주둥이를 찢어버리겠다!"

그때 대무영의 앞 오른쪽 두 걸음 거리에 있던 함자방이 몸을 퉁기면서 일어나며 쏘아왔다.

지금이야말로 우지화에게 잘 보여서 점수를 딸 수 있는 최적의 기회라고 판단한 것이다.

딱!

"캑!"

최대한 현란하고 멋들어진 권법을 선보이면서 짓쳐오던 함자방은 대무영이 슬쩍 상체를 숙이면서 파고들었다가 가볍게 올려치는 주먹에 턱을 얻어맞고 공중으로 치솟았다.

모두의 시선이 허공으로 향했다. 단 한 방의 주먹에 함자방은 허공 이 장까지 솟구쳤다가 갑판에 내동댕이쳐졌다.

쿵!

대자로 네 활개를 펴고 쭉 뻗어 있는 함자방의 혼은 이미 육신을 떠나 있었다.

놀란 소연풍이 급히 함자방에게 달려가서 자세히 살펴보다가 더욱 놀라는 표정을 지었다. 함자방은 이미 숨이 끊어졌기 때문이다.

그뿐만이 아니라 한 대 맞은 턱뼈가 완전히 으스러졌으며 얼굴 아래 절반이 쭈그러진 모습이었다.

소연풍은 누이동생 소운상에게 대무영에 대해서 자세히 듣고는 그가 당금 낙양의 화제가 되고 있는 쌍명협 단목검객이라고 단번에 짐작했었다.

그런데 소운상의 설명을 듣자니까 대무영의 실력은 명협 이상이었다.

일개 명협이 살수들을 그처럼 쉽사리 처치하는 것은 어려운 일이기 때문이다.

그런데 지금 직접 보니까 공부인 함자방을 단지 주먹 한 방에 즉사시켜 버렸다. 그로 미루어 대무영은 공부 이상의 실력자인 것이 분명했다.

그때 대무영은 포구의 구경꾼들이 웅성거리는 속에서 어떤 말이 귀에 쏙 들어왔다.

그것은 방금 대무영에게 죽은 함자방이 쟁천십이류의 공부라는 사실이다.

"소 형. 그자가 공부요?"

대무영의 물음에 소연풍은 그를 돌아보며 고개를 끄떡였다.

"그렇소."

대무영은 그저 뜻밖이라서 물어본 것인데 소연풍은 달리 생각했다.

명협인 그가 공부를 죽였으니 공부중패를 원하는 것이라고 지레짐작한 것이다.

하지만 그것은 나쁜 일도 아니고 손가락질 받을 일도 아니다. 쟁천십이류를 꺾고 쟁천중패를 챙기는 것은 너무도 당연하다. 챙기지 못한다면 그게 오히려 바보다.

소연풍은 자신이 함자방 옆에 쭈그리고 앉아 있으므로 그의 괴춤에서 공부증패를 풀어 대무영에게 다가와 묵묵히 건네 주었다.
 대무영은 엉겁결에 공부증패를 받았다가 품속에 갈무리했다. 자신이 공부를 죽였으니 공부증패를 챙기는 것은 당연하다고 생각한 것이다.
 또한 북설이 꼼수가 능하니까 그녀에게 공부증패를 보이면 뭔가 돈벌이를 생각해 내지 않을까 하는 마음도 없지 않아 있었다.
 그러나 소연풍의 마음은 답답하기 짝이 없었다. 우지화가 있는 자리에서 대무영이 함자방을 죽였기 때문에 일이 더 커져 버린 것이다.
 더구나 함자방은 낙양의 명문정파 중 하나인 군림보의 소보주이므로 앞으로 군림보가 가만히 있지 않을 터이다.
 그러나 그것은 나중 문제다. 지금은 발등에 붙은 불부터 끄는 것이 우선이다. 어떻게 해서든 대무영을 살려야만 하는 것이다.
 "흥! 감히 내 배에서 사람을 죽이다니 너는 보통 배짱이 아니로구나."
 우지화는 천천히 일어나 대무영에게 걸어왔다. 주위는 조용한데 그녀의 긴 치마가 바닥에 끌리는 소리만 사륵사륵 들려왔다.

그녀는 대무영의 다섯 걸음 앞에 마주 보고 멈춰 두 손으로 가느다란 허리를 짚었다.

그녀는 그냥 가만히 서 있는데도 비길 데 없이 도도하고 오만했다. 그러면서도 그것이 너무나 자연스러워서 전혀 어색하지 않았다.

"내 배에 피가 묻는 것이 싫으니 너는 스스로 천령개를 쳐서 자결하도록 해라."

대무영은 그 말을 똑똑히 들었으나 다른 사람들은 제대로 듣지 못했다.

천하가 인정하는 천하제일미 옥봉검신 우지화의 모습을 발끝에서 머리끝까지 전신을 보게 되었기 때문이다.

우지화의 전신 모습은 조물주가 빚은 피조물 중에서 가장 완벽한 아름다움을 지니고 있는 것 같았다.

늘씬한 키에 티 한 점 없는 빙기옥질의 살결. 칠흑처럼 검고 긴 머릿결이 파도처럼 넘실거렸다.

포구의 구경꾼들은 일제히 탄성과 함성을 터뜨리며 마치 열병에 걸린 것처럼 떠들어댔다.

그러나 대무영의 눈에는 우지화의 미모 같은 것이 들어오지 않았다. 그에게는 그저 한 덩어리의 냄새나고 더러운 똥일 뿐이었다.

그는 한시바삐 더러운 똥을 떠나서 기녀들을 구해야 한다는 것 때문에 마음이 초조했다.

"너에게 배를 빌리는 것을 포기했으니 이대로 돌아갈 수 있게 해다오."

대무영의 말에 우지화는 가소롭다는 듯 싸늘한 미소로 대답했다.

"이제 와서 겁이 나느냐?"

대무영의 미간이 좁혀졌다.

"나는 겁 같은 거 모른다. 너 같은 더러운 계집하고 쓸데없는 말다툼을 하는 동안에 기녀들을 구할 수 있는 기회가 점점 멀어지기 때문에 마음이 급할 뿐이다."

결국 우지화의 인내심은 한계에 도달했다. 그녀는 자신을 똥이며 더러운 계집이라고 욕설을 퍼붓는 대무영을 절대로 용서할 수가 없었다.

"죽어라!"

순간 우지화가 왼손을 들어 올리며 뾰족하게 외치자 그녀의 왼손 어림에서 번쩍! 하고 한 줄기 흐릿한 금광이 번뜩이며 발출되었다.

피잉!

대무영은 그것이 우지화의 공격이라고 생각했다. 그런데 그녀는 그 자리에 여전히 오도카니 서 있었다.

그래서 대무영은 방금 번쩍인 것이 공격이 아닐지도 모른다고 생각했다.

그런데 그 순간 흐릿한 금광이 대무영으로서는 처음 보는 엄청난 쾌속함으로 자신의 얼굴을 향해 쏘아오는 것을 발견하고 움찔했다.

'공격이다!'

순간 그는 옆에 서 있는 소연풍의 어깨를 가볍게 밀쳐서 사정권 밖으로 물러나게 하는 것과 동시에 본능적으로 백보신권 일초식 격공금룡을 전개하여 화살처럼 앞으로 튀어 나갔다.

쉬익!

옆에서 보고 있는 소연풍이나 다른 사람들은 어떤 상황이 전개되고 있는지 제대로 알지 못했다.

다만 우지화가 갑자기 공격을 하고 대무영이 반격을 하는 것이라고 막연히 생각할 뿐이다.

'미친놈!'

우지화는 속으로 냉랭하게 코웃음을 쳤다. 자신의 천신지(天神指)를 대무영이 피할 생각도 하지 않고 오히려 빠르게 부딪쳐 오고 있기 때문이다.

그녀가 보기에 대무영은 촌각이라도 더 빨리 죽고 싶어서 안달이 난 것 같았다.

거듭 말하지만 대무영은 피하는 것을 모른다. 피하려면 이

자리에서 도망쳐야만 한다.
 그러나 우지화의 공격이 무서워서 도망칠 그가 아니다. 그는 격공금룡을 전개하여 오히려 부딪쳐 가면서 재빨리 보법을 밟으며 상체를 숙였다.
 쐐애액!
 숙인 그의 등 위로 흐릿하며 손가락 하나 굵기의 금빛, 즉 천신지가 번갯불처럼 스쳐 갔다.
 꽉!
 "큭!"
 천신지는 뒤쪽에 서 있던 호위고수 한 명의 콧등을 뚫고 뒤통수로 핏물과 함께 빠져나갔다.
 '이놈!'
 우지화는 움찔했다. 대무영이 자신의 천신지를 피할 줄은 꿈에도 예상하지 못했다.
 그것은 그녀가 예상했던 것보다 대무영이 훨씬 더 고강하다는 뜻이기도 하다.
 그렇지만 놀라고 있을 겨를이 없다. 대무영은 어느새 그녀의 두 걸음 앞까지 쇄도하면서 벼락같이 오른 주먹을 뻗고 있었다.
 스으으…….
 우지화는 선 채 미끄러지듯, 그리고 쏜살같이 뒤로 물러나면서 재차 천신지를 발출했다.
 피잉!
 지금은 조금 전보다 거리가 훨씬 가깝기 때문에 대무영이 절대 피하지 못할 것이라고 확신했다.
 스사사…….
 대무영은 자신의 얼굴을 향해 빛의 속도로 쏘아오는 금빛 줄기를 보면서 주먹을 거두면서 동시에 초식을 바꾸어 백보신권 이초식인 달마도인을 전개했다.
 우지화는 천신지가 대무영의 얼굴 한복판으로 폭사되는 것을 보면서 내심 흡족한 미소를 지었다.
 '호홋! 끝났다.'
 그런데 다음 순간 대무영이 쇄도하면서 슬쩍 고개를 비틀자 천신지가 그의 턱과 어깨 위 사이로 쏜살같이 스쳐 지나는 것이 아닌가.
 '어떻게…….'
 그러나 놀라고 있을 겨를이 없다. 대무영의 왼 주먹이 그녀의 얼굴을 향해 무시무시하게 뻗어오고 있었다.
 '좋다! 끝장을 보자, 이놈!'
 우지화는 피하지 않는 대신 입술을 질끈 깨물면서 세 번째 천신지를 발출했다.
 어깨의 보검을 뽑는 것은 늦기 때문에 천신지를 발출하여 대무영을 거꾸러뜨리든가, 그가 또 피하더라도 피하는 순간의 허점을 노려 다른 수법으로 결판을 내려는 것이다.

패앵!

거리는 불과 한 걸음 반이다. 대무영이 세 번째 천신지마저도 피한다면 우지화는 그가 자신의 호적수라고 인정할 수밖에 없을 것이다.

대무영은 세 번째 천신지가 발출되자 급히 왼손 주먹을 거두면서 백보신권 마지막 삼초식인 보리항마(菩提降魔)를 전개했다.

모든 초식이 뒤로 갈수록 강해지는데, 백보신권은 강해지는 정도가 아니라 이초식 달마도인은 일초식 격공금룡보다 두 배 이상 강하고, 삼초식 보리항마는 달마도인보다 서너 배 강하다.

대무영은 화산에서 하산한 이후 보리항마를 한 번도 사용하지 않았었는데 이곳에서 쓰게 될 줄은 몰랐다.

퍽!

'맞았다!'

우지화는 한 걸음 반이라는 짧은 거리에서 대무영이 돌진하며 얼굴을 비틀었으나 천신지가 그의 왼쪽 어깨에 적중되는 것을 보고 쾌재를 불렀다.

천신지는 단단한 철판을 관통할 정도로 가공한 위력을 지니고 있으므로 당연히 대무영의 왼쪽 어깨를 관통했을 것이라고 믿었다.

 후오—

 그런데 대무영의 상체가 약간 주춤하는 것 같더니 우지화를 향해 오른 주먹을 뻗어오고 있지 않은가.

 철판을 한 방에 관통하는 우지화의 천신지는 비단 피와 살로 이루어진 대무영의 왼쪽 어깨를 관통하지 못했을 뿐만 아니라 그를 찰나지간 주춤하게 만드는 것 정도로 끝나고 말았다.

 그뿐만이 아니라 태산 같은 위력이 실린 그의 주먹이 뻗어오고 있다.

 스으으…….

 우지화는 놀라는 중에도 재빨리 뒤로 세 걸음 물러나는 것과 동시에 어깨의 보검을 뽑았다.

 차앙!

 용이 울음소리 같은 맑은 검명(劍鳴)이 울려 퍼졌다.

 '나로 하여금 옥봉검(玉鳳劍)을 뽑게 만들다니 갈가리 찢어 죽이고 말겠다!'

 그러나 그 순간 그녀는 흠칫했다. 뒤로 세 걸음 물러나 대무영이 뻗은 오른 주먹의 사정권에서 완전히 벗어났다고 생각했는데 그게 아니었다.

대무영의 주먹이 그녀의 몸에 닿지 않는 것은 분명하지만, 그의 주먹에서 뿜어진 또 하나의 흐릿한 주먹, 아니, 주먹 모양의 권영(拳影)이 빛처럼 쏘아오는 것까지는 피할 수 있는 위치가 아니었다.

공력으로 발출한 권풍이나 권강도 아닌 주먹의 그림자 같은 희한한 것이 뿜어오다니 우지화로서는 난생처음 보는 것이다.

뻑!

"흑!"

우지화는 오른쪽 가슴에 무지막지한 충격을 받고 뒤로 쏜살같이 튕겨 날아갔다.

우지끈!

화살처럼 날아간 우지화는 선실을 부수면서 안에 처박히고 말았다.

"소저!"

순간 두 명의 홍의소녀가 찢어질 듯이 외치면서 구멍이 뻥 뚫린 선실로 쏘아갔다.

대무영은 그 자리에 멈추어 태산처럼 우뚝 섰다. 그는 숨결조차 흐트러지지 않은 채 분노한 표정으로 구멍 난 선실을 쏘아보았다.

지금까지의 광경을 가장 가까운 거리에서 생생하게 목격

한 소연풍은 경악, 아니, 혼비백산했다.
 일개 명협인 단목검객이 자신보다 아홉 등급이나 높은 신위 옥봉검신을 저 지경으로 만들다니 자신의 눈으로 보고서도 그 사실이 믿어지지 않았다.
 대무영은 왼쪽 어깨가 뻐근했다. 어깨뼈가 부러지진 않았지만 금이 간 것 같았다.
 사실 그의 몸은 사부의 혹독한 훈련 덕분에 칼로도 베어지지 않을 정도가 되었다.
 그런데 우지화가 발출한 뭔지 모를 금빛줄기가 이 정도의 충격을 주다니 그녀는 대단한 고수임에 분명했다.
 대무영은 우지화가 자신의 주먹에 정통으로 적중됐으니 죽었거나 치명상을 입었을 것이라 짐작하고 미련없이 돌아서서 힐끗 소연풍을 쳐다보았다.
 "갑시다. 소 형."
 "아……."
 소연풍은 깜짝 놀라 엉거주춤 대무영을 따랐다.
 푸악!
 그 순간 두 사람 뒤에서 요란한 소리가 터졌다. 재빨리 뒤돌아보니까 선실의 뚫어진 구멍 속에서 우지화가 튀어나와 일직선으로 대무영을 향해 쏘아오고 있었다.
 탁!

대무영은 급히 소연풍을 밀어내면서 목검을 뽑아 저돌적으로 우지화를 향해 마주쳐 갔다.

"안 돼!"

소연풍이 밀려나면서 다급하게 외쳤으나 이미 두 사람은 중간에서 격돌하고 있었다.

번쩍—!

두 사람은 눈 한 번 깜빡할 사이에 한바탕 격돌하고는 뒤로 물러났다.

찰나지간이지만 그 사이에 두 사람은 이미 삼 초식을 겨룬 상태였다.

그런데 대무영의 왼팔 어깨 아래쪽 옷이 베어져서 삽시간에 피로 물들었다.

대무영은 자신의 왼팔이 베어졌다는 사실을 느꼈으나 살펴볼 겨를이 없다. 우지화가 재차 벼락같이 쏘아오고 있었기 때문이다.

우지화는 자신의 보검 옥봉검으로도 대무영의 왼팔을 자르지 못한 것이 분하고 원통했다.

그러나 이번에는 그의 목을 자르고야 말리라 결심하고 더욱 맹렬하고 위력적인 초식을 전개했다.

대무영은 이렇게 빠른 검초식을 전개하는 사람은 난생처음 만났다.

그는 자신이 무척 빠르다고 생각하는데 우지화의 검은 그보다 더 빠른 것 같았다.

방금 한 번 격돌했을 때 그는 유운검법 구궁섬광을 전개했으나 목검을 제대로 휘둘러 보지도 못하고 피하기에만 급급했었다.

이유는 두 가지였다. 첫째는 우지화의 검이 상상을 초월할 정도로 빠르다는 것이고, 둘째, 그녀의 공격이 단지 검으로 하는 것만이 아니고 또 다른 것이 있는데 그것이 뭔지 모르겠다는 것이다.

그렇다고 이 싸움을 피할 생각은 추호도 없다. 전력을 다 쏟아내서라도 저 버릇없는 똥덩어리 계집을 자근자근 요절내 버리고 싶었다.

촤악!

우지화가 빛처럼 빠르게 다시 공격해 왔다.

스파아아—

그녀가 쇄도하면서 옥봉검을 휘두르자 검에서 번쩍! 번쩍! 흰 선의 빛줄기가 뿜어졌다.

'검기(劍氣)다!'

지켜보던 소연풍은 너무 놀라서 혀가 목구멍 안으로 말려드는 것 같았다.

우지화의 옥봉검신이라는 별호 중에서 '검신'이라는 것을 유감없이 보여주는 굉장한 솜씨였다.

소연풍은 태어나서 처음 검기라는 것을 직접 자신의 눈으로 목격했다.

하지만 대무영은 공력이 심후한 고수가 검을 통해서 공력을 뿜어내는 것이 검기라는 사실을 알 턱이 없다.

단지 그는 우지화의 검이 찰나지간에 난무하면서 여러 줄기의 흰 선을 쏟아내서 그것이 그물처럼 자신을 향해 쇄도한다고만 여길 뿐이다.

말 그대로 그물이다. 검기의 그물, 검망(劍網)인 것이다. 검기와 검기의 사이가 채 반 자도 되지 않아서 그 사이를 빠져 나간다는 것은 어불성설이다.

대무영으로서는 물러날 수도 없다. 그에게 물러난다는 것은 도망치는 것이기 때문이다.

그러나 한낱 계집, 그것도 똥처럼 더러운 계집에게 쫓겨서 도망치다니 꿈에서도 있을 수 없는 일이다.

전방과 좌우, 위쪽이 모두 검망으로 뒤덮이고 빈 곳은 뒤쪽뿐이다.

'돌진한다!'

검망이 얼마나 강한지는 모르지만 뚫고 들어가서 우지화를 한주먹에 박살 내겠다고 결정했다.

우지화는 조금 전 대무영에게 얻어맞은 오른쪽 젖가슴이

떨어져 나갈 것처럼 아팠다.

그런 고통이 아니었으면 이보다 더 막강한 검망을 펼칠 수 있었을 것이다.

어쨌든 그녀는 이번 공격에 대무영이 난도질을 당해서 고깃덩이가 되거나 뒤로 도망치거나 둘 중 하나의 결과일 것이라고 낙관했다.

그런 그녀의 짐작은 다음 순간 박살 났다. 대무영이 정면으로 곧장 질주해 오고 있었다.

'미친놈!'

대무영은 그냥 마구잡이로 검망을 뚫으려는 것이 아니었다. 목검을 뽑아 검망을 형성하고 있는 검기의 옆을 후려쳐 공간을 넓히고는 그 사이로 통과했다.

그 과정에 검기에 닿은 목검은 뎅겅뎅겅 잘라져서 손잡이만 남게 되었으며, 그는 미처 후려치지 못한 검기 두 개에 가슴과 허벅지를 베고 말았다.

슈아악!

우지화는 검망을 뚫고 가슴과 허벅지에서 피를 흘리며 자신을 향해 돌진해 오는 대무영을 보면서 믿을 수 없다는 듯 눈을 동그랗게 떴다.

대무영이 오른손 주먹을 뻗어오는데 예의 그의 주먹에서 또 하나의 주먹 권영이 폭발하듯이 뿜어졌다.

우지화는 그 주먹에 된통 당했기 때문에 자신도 모르게 가슴이 덜컥 내려앉았다.

그녀의 오른손은 옥봉검으로 검망을 전개하고 있는 중이므로 여유가 없다. 해서 왼손을 활짝 펼쳐서 다급히 장풍을 발출했다.

그러나 이미 코앞까지 짓쳐오고 있는 대무영의 주먹을 어떻게 할 수는 없었다.

빽!

"악!"

쩍!

"크윽!"

우지화는 주먹을 왼쪽 가슴에 정통으로 적중당했고, 대무영은 그녀의 장풍을 가슴 한복판에 고스란히 적중당하고 말았다.

대무영은 뒤쪽 바닥에 패대기쳐져서 데구르르 굴렀고, 우지화는 서너 걸음 뒷걸음질 치다가 멈췄다.

우지화는 워낙 공력이 심후한 절정고수이기 때문에 대무영의 전력 일권에 적중되고서도 불과 서너 걸음밖에 물러나지 않았다.

하지만 그녀는 한순간 숨을 쉬지 못해서 헐떡거렸으며, 왼쪽 젖가슴이 무너지는 것처럼 너무 아프고 고통스러워서 눈물이 왈칵 쏟아질 지경이었다.
 아까는 오른쪽 젖가슴을, 이번에는 왼쪽 젖가슴을 번갈아 적중당한 것이다.
 물론 대무영이 일부러 그러려고 한 것이 아니라는 사실을 잘 알고 있다. 그렇게 하고 싶어도 할 수 있는 실력이 못 된다고 생각했다.
 그로서는 안간힘을 다해서 아무 곳이나 때리려고 한 것이 우연찮게 그녀의 양쪽 젖가슴을 번갈아 때리는 꼴이 돼버린 것이다.
 그렇지만 당한 그녀로서는 양쪽 젖가슴이 찢어지고 떨어져 나갈 것 같은 지독한 고통도 고통이지만 수치심에 비할 수가 없었다.
 '내 오늘 저놈을 찢어죽이지 못하면 하늘을 이고 살지 않으리라!'
 그녀는 입술을 깨물고 쏜살같이 대무영에게 쏘아갔다. 양쪽 젖가슴이 짓이겨지는 것 같았으나 입술을 깨물며 참았다.
 대무영은 바닥에 하늘을 보고 누운 자세로 쓰러져 있는 모습으로 눈을 껌뻑거리고 있었다.
 그의 앞섶과 오른쪽 허벅지의 옷이 길게 베어져서 피가 흘러나왔으나 심한 것 같지는 않았다.
 그러나 마지막 순간 우지화의 일장에 복부를 정통으로 맞은 것이 그의 내장을 발칵 뒤집어놓았다.

그는 입에서 쿨럭쿨럭 피를 쏟으며 일어나려고 버둥거렸으나 꼼짝도 하지 못했다.

'저 계집 정말 강하구나…….'

그는 하산한 이후 최고의 강적을 만났다는 생각이 들었다. 또한 쟁천십이류의 신위가 얼마나 무서운 존재인지 뼈저리게 실감했다.

그러나 그는 아직 끝이라고 생각하지 않았다. 어떻게 해서든 다시 기운을 차려서 저 버릇없는 계집을 때려눕혀야겠다고 생각했다.

하지만 어찌 된 일인지 배가 꼬이면서 무지하게 아프고 힘을 끌어모을 수가 없었다.

"너……."

그런데 일검으로 대무영의 목을 자르겠다고 덮쳐들던 우지화가 갑자기 그의 두 걸음 앞에서 뚝 멈추며 경악하는 표정으로 눈을 동그랗게 떴다.

그녀의 경악으로 물든 눈동자는 베어져서 활짝 벌어진 대무영의 앞섶에 고정되어 있었다.

검기는 대무영의 앞섶만이 아니라 살까지도 베어 피가 흐르고 있었다.

그런데 그 핏물 속에서 영롱하게 반짝이는 하나의 물체가 있었다.
 그것은 주도현이 헤어질 때 대무영의 목에 직접 걸어주었던 금검목걸이 '어천'이었다.
 우지화의 경악으로 동그랗게 커진 눈동자는 바로 그 어천에 고정되어 있었다.
 "그거 어디에서 났느냐?"
 우지화는 옥봉검을 뻗어 목걸이를 가리켰다. 그러면서도 마치 귀신을 본 듯한 표정을 얼굴에서 지우지 못했다.
 대무영은 천천히 일어나 책상다리로 앉았다. 그녀가 찌를 듯이 검을 겨누고 있으나 조금도 개의치 않고 태연하게 행동했다.
 그는 기운을 모아서 반격의 기회를 노렸다. 하지만 우지화가 검을 겨누고 있는 상태라서 여의치 않았다.
 슥—
 "묻잖느냐? 그걸 어디에서 났느냐?"
 우지화는 찌를 듯이 검첨을 대무영의 목에 갖다 대고 빽 소리쳤다.
 대무영은 구태여 대답하지 못할 이유가 없었으나 우지화의 강압적인 태도에 배알이 뒤틀려서 입을 꾹 다물었다.
 우지화는 답답해서 속이 터질 것 같았으나 어떻게 해야 할지 방법을 알지 못했다.

대무영이 목에 걸고 있는 목걸이를 보는 순간 그녀는 더 이상 대무영을 죽여야 할 상대로 보지 않았다.

아니, 볼 수가 없었다. 그 목걸이는 그녀가 매우 소중하게 여기는 사람의 분신과도 같은 것이기 때문이다.

비슷한 목걸이일 수도 있다. 그래서 확인하려는 것이다. 그런데 보면 볼수록 비슷한 것이 아니라 그 사람의 그 목걸이가 틀림없다는 확신이 생겼다.

우지화는 검을 거두고 대무영 앞에 무릎을 꿇고 앉아 두 손으로 바닥을 짚고 지금까지와는 전혀 다른 조용하고 간절한 모습으로 말했다.

"그 목걸이의 이름이 무엇인지 아느냐?"

반격의 기회를 엿보던 대무영이지만 우지화의 돌변한 태도에 의아한 표정을 지었다.

또한 그녀가 주도현이 준 목걸이를 알아보는 것이 조금 신기했다. 그래서 물끄러미 그녀를 응시하다가 무뚝뚝하게 중얼거렸다.

"어천이다."

"아……."

잔뜩 초조한 표정을 짓고 있던 우지화는 탄성을 터뜨리면서 온몸이 무너져 내렸다.

"누가… 주었느냐?"

대무영은 우지화의 얼굴과 눈빛에서 간절함을 발견했다. 그녀는 더 이상 공격할 생각 같은 것은 하지 않는 것이 분명했다.

그러자 대무영 역시 싸우려는 마음이 빠르게 사라졌다.

"친구가 주었다."

우지화는 대무영의 말을 믿었다. 믿을 수밖에 없었다. 이 목걸이 어천은 본인이 스스로 풀지 않는 한 타인은 절대로 풀 수 없기 때문이다.

만약 대무영이 그 사람의 목을 자르고 어천을 뺏었다고 해도 풀지 못하면 목에 걸 수가 없다.

그러므로 어천의 주인이 자신의 손으로 직접 풀어서 주었을 것이다.

"친구의 이름을… 가르쳐 주겠어요?"

우지화의 말투가 변했다. 그녀가 알고 있는 그 소중한 사람이 대무영에게 어천을 주었다면, 절대로 함부로 해서는 안 될 사람이기 때문이다.

대무영은 원래 남을 의심하지 않지만 우지화의 돌변한, 그리고 갑자기 공손해진 태도가 의심을 불러일으켰다.

"그건 왜 묻느냐?"

"나는… 소녀는 한 사람을 찾아 천하를 헤매고 있는 중이에요. 그런데 그 목걸이가 바로 소녀가 찾는 사람의 신물(信

物)이에요."

대무영은 눈을 껌뻑거렸다.

"신물이 뭐냐?"

우지화는 어이없다는 듯 눈을 동그랗게 떴다.

"신물이 뭔지 몰라요?"

"모른다."

"당신… 무식하군요."

"그래. 나 무식하다."

대무영은 무식하다는 것이 처음으로 조금 부끄러워졌다.

우지화는 반말을 했다가 존대로 바꾸었어도 대무영은 한 번 했던 반말이 쉽게 고쳐지지 않았다.

"신물이란 그 사람의 분신(分身) 같은 것이에요."

대무영은 고개를 끄떡였다. 분신이 무슨 뜻인지 모르지만 모른다고 했다가는 또 면박을 당할 것만 같았다. 아무리 그래도 지독하게 아름다운 소녀에게 무식하다는 말을 듣는 것은 그리 좋은 기분은 아니다.

"음."

그는 주도현을 생각하며 입가에 엷은 미소를 머금었다.

"그렇다면 주 형은 나를 분신으로 생각하고 있는 거로군."

그의 입에서 '주 형'이라는 말이 나오자 우지화는 눈이 커다래지고 숨을 쉴 수가 없었다.

"그분 성이 주 씨인가요?"

"그래. 주도현이다."

"아아……."

무릎을 꿇고 있던 우지화는 탄식을 터뜨리면서 몸을 부르르 떨더니 갑자기 앞으로 무너지듯이 쓰러지면서 왈칵 오열을 터뜨렸다.

"어흐흑……!"

"어어……."

대무영은 그녀가 갑자기 자신에게 엎어지는 바람에 엉겁결에 두 팔로 안아버렸다.

"으흐흐흑……."

그녀는 지금이 어떤 상황인지, 자신이 안긴 상대가 누구인지도 모르는 듯 작게 몸부림치면서, 그리고 가늘게 몸을 떨며 울기만 했다.

대무영은 뜨악한 표정으로 그녀의 가녀린 등을 뻣뻣하게 안고 어쩔 줄을 몰라 했다.

그러면서 그는 우지화의 몸이 마치 뼈가 없는 것 같다는 생각이 들었다.

가녀리면서도 포근하고 따뜻했으며 대무영의 가슴에 맞닿은 그녀의 젖가슴은 물컹거리면서도 부드러웠다.

체구가 큰 대무영이 늘씬하고 가녀린 그녀를 안고 있는 모습은 마치 어른이 조그만 여자아이를 안고 있는 듯한 모습이었다.

우지화의 울음은 쉬이 그치지 않았다. 그녀는 대무영의 어깨에 뺨을 대고 홍수가 난 것처럼 울고 또 울었다.

대무영은 그냥 멀뚱하게 있을 수가 없어서 그녀의 등을 쓰다듬으며 한마디 했다.

"그래. 울고 싶을 때는 실컷 울어라."

소연풍은 당장에라도 대무영을 죽일 것 같던 우지화가 그의 품에 안겨서 몸부림치며 울고 있는 것을 도저히 이해할 수 없다는 표정이다.

아니, 대무영이 이 배에 나타난 이후 지금까지 벌어진 일들 전부를 이해하지 못했다.

갑판의 호위무사들도, 포구의 수많은 구경꾼도 놀라고 어리둥절한 표정으로 그 광경을 지켜보았다.

수많은 구경꾼은 남녀노소를 막론하고 얼굴에 대무영에 대한 부러움과 질투가 가득 떠올라 있었다.

第二十章
요물(妖物)

하남포구에서 낙수를 따라 낙수천화 쪽으로 이어지는 낙수대로에는 이상한 풍경이 벌어지고 있었다.
 맨 앞에 대무영과 소연풍이 걸어가고, 그 뒤에 우지화가 따르고 있으며, 그녀 뒤에는 두 명의 호위고수 홍의경장소녀가 주위를 경계하면서 따르고 있다.
 그리고 수많은 구경꾼이 넓은 대로 전체를 점령한 채 대로 양쪽이나 뒤에서 웅성거리며 따르고 있는 중이다. 그들의 수는 천여 명이 넘을 것 같았다. 그러면서 그 수가 점점 빠르게 불어나고 있었다.

대무영은 우지화에게 주도현이 이미 엿새 전에 떠났다고 말해주었다.
그러자 그녀가 주도현이 묵었던 곳에 가보고 싶다고 해서 집으로 안내하고 있는 중이다.
대무영은 우지화가 주도현하고 깊은 연관이 있다는 사실을 알고는 그녀에 대한 적의가 사라져 버렸다.
그만큼 그는 주도현을 신뢰하고 또 좋아하기 때문이다. 주도현하고 친밀한 사람하고는 절대로 적이 될 수가 없다는 것이 그의 확고한 생각이다.
문득 대무영은 무슨 생각이 나서 걸음을 멈추고 뒤돌아보았다. 그러자 덩달아 우지화와 두 소녀, 수많은 구경꾼이 거의 동시에 걸음을 멈추었다.
대무영은 난감했다. 이대로 집에 갈 수는 없다. 단목검객이 어디에 사는지 알려지면 곤란하기 때문이다. 자신은 괜찮지만 가족들에게 피해를 끼칠 수는 없는 노릇이다.
"왜 그러세요?"
우지화가 가까이 다가와 조심스럽게 물었다.
대무영은 씁쓸한 표정을 지었다.
"내가 사는 집이 사람들에게 알려지면 곤란하다."
한번 내뱉기 시작한 그의 반말은 우지화가 존대를 해도 고쳐지지 않았다.

"모두 쫓을까요?"

우지화는 대무영하고 나란히 서서 구경꾼들을 보며 차가운 표정을 지었다.

대무영은 우지화에게서 뭐라고 설명하기 어려운 그윽한 향기가 나는 것을 처음 느꼈다.

"쫓다니? 어떻게 말이냐?"

우지화는 배시시 고혹적인 미소를 지었다.

"큰소리 한 번만 치면 다들 도망갈 거예요."

"그래도 듣지 않으면 어떻게 하지?"

우지화는 눈부신 미소를 지었다.

"그럼 본보기로 몇 명 죽여 버리죠."

대무영은 와락 인상을 썼다.

"이 계집애가?"

"뭐라고?"

우지화는 '계집애'라는 말에 발끈했다가 제 풀에 깜짝 놀라서 곧 수그러졌다.

"미안해요."

대무영은 이제야 우지화의 성격에 대해서 조금쯤은 알 수 있을 것 같았다.

그가 처음에 봤던, 그리고 경험했던 우지화가 진짜 그녀의 본성이 맞다.

그리고 지금 대무영에게 보여주고 있는 것은 본성을 억누르고 있는 가식이다.
그 이유는 아마도 주도현 때문일 것이다. 대무영이 주도현의 친구라는 사실을 안 직후부터 그녀의 행동이 지금처럼 돌변했기 때문이다.
본성을 억누르는 일은 말처럼 쉽지 않다. 더구나 대무영처럼 하찮은 존재에게는 더욱 그렇다. 그런데도 그녀가 이럴 수 있는 것은, 그 정도로 주도현에 대한 그 무엇이 깊고 크기 때문일 것이다.
[집이 어딘가요?]
우지화가 전음으로 물었다.
대무영은 힐끗 뒤돌아보면서 저 멀리 강가에 보이는 무란청을 입술을 뾰족하게 내밀어 가리켰다.
우지화는 살포시 미소 지었다.
[그럼 여기에서 각자 다른 방향으로 헤어졌다가 나중에 집에서 만나요.]
대무영은 그녀의 말을 제대로 알아듣지 못했다. 눈이 멀어버릴 것처럼 아름다운 그녀가 그보다 더 아름다운 미소를 지으며 그의 얼굴 가까이에서 달콤하게 말하자 그만 머릿속이 새하얗게 탈색되어 버린 것이다.
어째서 아까는 느끼지 못했던 것들이 지금 갑자기 한꺼번에 느껴지는 것인지 모를 일이다.

그때 우지화가 발끝으로 까치발을 딛고는 대무영의 어깨를 잡아서 키를 낮추면서 입술을 그의 귀에 바싹 갖다 대고 속삭였다.

"다른 데로 도망가면 안 돼요."

그녀의 입술이 귀에 닿고 뜨겁고 달콤한 입김이 귀에 훅! 뿜어지자 급기야 대무영 머릿속이 퍽! 하는 굉음을 내면서 산산이 폭발해 버렸다.

'이 여자 요물이다…….'

우지화가 두 호위고수를 이끌고 눈 깜빡할 사이에 사라져 버리자 구경꾼들은 그녀를 찾으려고 우왕좌왕했고 거리가 한바탕 소란스러워졌다.

그 사이에 대무영은 소연풍과 함께 다시 왔던 길을 되돌아 포구로 향했다.

낙수천화의 기녀들을 구해야 한다는 사실을 잠시 잊고 있다가 생각해 낸 것이다.

대무영 혼자서는 그렇게 배를 구하려고 해도 구해지 못했었는데, 소연풍이 나서자마자 즉시 배를 구했다. 운검문 소문주의 능력이었다.

날렵한 배에는 낙수 상류 쪽 지리를 잘 아는 뱃사람 세 명과 대무영, 소연풍 다섯 명이 타고 일로 낙수 상류를 향해 내달렸다.

"하루 정도는 돼야 따라잡을 수 있을 겁니다."
낙수에서만 뱃일을 이십 년 넘게 했다는 뱃사공은 확신하듯이 말했다.
대무영은 앞쪽 갑판에 우뚝 서서 뚫어지게 전방을 주시하고 있었다.
"대 형."
아까부터 기회를 엿보고 있던 소연풍이 마침내 용기를 내서 그에게 다가와 말을 걸었다.
대무영은 소연풍을 돌아보다가 그제야 생각난 듯 그의 손을 덥석 잡고 흔들었다.
"여러모로 도와줘서 고맙소. 인사가 늦었소."
"아, 아니오."
소연풍은 펄쩍 뛰며 손을 젓더니 확인하기 위해서 조심스럽게 물었다.
"혹시 소운상이라는 소녀를 아시오?"
대무영은 고개를 끄떡였다.
"운검문의 소운상 말이오?"
"그렇소. 혹시 대 형이 그 아이를 구해주었소?"

대무영은 별것 아니라는 듯 손을 저었다.

"검은 복면을 한 자 몇 놈 혼내준 것뿐이오."

자신이 대무영을 잘못 본 것이 아니라는 사실을 확인한 소연풍은 포권을 하면서 깊숙이 허리를 굽혔다.

"불초는 운검문의 소연풍이라고 하오. 운상의 못난 오라비외다. 그 아이와 사제의 목숨을 구해준 것을 진심으로 감사드리오."

대무영은 어색하게 포권했다.

"나는 대무영이오."

"알고 있소. 아까 배에서 대 형을 보는 순간 알아보았소."

"내가 그 정도로 눈에 띄는 모습이오?"

소연풍은 손을 저었다.

"그렇지 않소. 하지만 옥봉검신에게 당당하게 맞서는 사람은 절대로 흔하지 않기에……."

"흥! 그 계집애를 더 혼내지 못한 게 아쉽군."

소연풍은 천하의 옥봉검신에게 계집 운운하면서 혼내겠다는 그를 보며 진땀이 났다.

문득 소연풍은 대무영의 옷이 피로 물들어 있는 것을 발견하고 적이 놀랐다.

"대 형. 많이 다친 것 같은데 괜찮소?"

대무영은 왼팔을 들어 베어진 옷 사이로 상처를 살펴보았다.

살이 약간 깊게 베었을 뿐 뼈는 다치지 않은 것을 확인하고는 다른 상처는 살펴보지도 않고 쾌활하게 웃었다.

"하하하! 다행히 큰 상처는 아니오."

문득 그는 눈을 좁혔다.

"그 계집애의 검은 진정 놀랍소. 내 몸을 몇 군데나 베다니 처음 있는 일이오."

"그녀의 옥봉검은 천하삼대명검(天下三代名劍) 중에 하나요. 금석을 두부처럼 자를 수 있소."

"그렇군."

소연풍은 대무영을 잠시 살펴보더니 뱃사람들에게 가서 옷 한 벌을 가져왔다.

"아무래도 옷을 갈아입는 것이 좋겠소."

대무영은 자신의 모습과 소연풍이 들고 있는 옷을 번갈아 쳐다보더니 싱긋 웃었다.

"그래야겠군."

그는 옷을 벗으려다 말고 소연풍을 빤히 쳐다보았다.

"왜 그러시오?"

"소 형은 소운상하고 닮지 않았군."

대무영은 혹시 소운상하고 남매인 소연풍도 자신의 모친하고 닮은 구석이 있나 살펴본 것이다.

"그렇지만 소 형은 정말 잘생겼군."

"별말을……"

대놓고 잘생겼다고 하자 소연풍은 얼굴이 붉어지며 손을 내저었다.

대무영은 옷을 갈아입기 위해서 선 채 옷을 활활 벗었다.

그때 소연풍은 대무영의 허리띠에 달려 있는 군주증패를 발견하고 깜짝 놀랐다.

"그거 군주증패가 아니오?"

"아… 이거 말이오?"

"대 형은 명협이 아니었소?"

대무영은 대수롭지 않다는 듯 대꾸했다.

"그때 소운상하고 헤어진 후에 우연히 마학사가 누군가에게 봉변을 당하고 있는 것을 발견하고 그자를 죽였는데, 그자가 군주였지 않겠소?"

소연풍 얼굴에 기가 질린 표정이 가득 떠올랐다. 후선 마학사만으로도 강호에서 굉장한 인물인데, 그를 괴롭히는 인물을 죽였다고 아무렇지도 않게 말하는 대무영이 사람으로 보이지 않았다.

"대 형이 죽인 자가 누구요?"

"나도 모르오. 친구들이 무림청에 알아보러 갔으니 곧 알게 될 것이오."

소연풍은 대무영이 엄청난 괴물이라는 사실을 실감했다. 낙양에서 그는 쌍명협으로 유명하지만 그것은 그의 실력이 그 정도라서가 아닌 것이다.

신위인 옥봉검신하고도 거의 대등하게 싸운 대무영이 아니던가. 비록 마지막 순간에 옥봉검신에게 밀리기는 했어도 막상막하의 싸움이었다.

그렇다면 대무영은 최소한 신위 아래 등급인 황도(皇道)는 너끈히 되고도 남는다는 뜻이다.

소연풍은 대무영이 더없이 신비하고 또 그에게서 무궁무진한 매력을 느꼈다.

누이동생 소운상이 그에게 은혜를 입고 또 아까는 옥봉검신의 배에서 그를 만난 것이 결코 우연이 아닐 것이라는 생각이 들었다.

소연풍은 대무영과 진실한 친구가 되고 싶다는 생각이 간절해졌다.

"대 형. 이번 일이 끝나면 본 문에 한번 왕림해 주겠소?"

"왕림이 뭐요?"

옥에 티는 그의 무식함이다.

소연풍은 어색하게 미소 지었다.

"본 문에 한번 와달라는 것이오."

"아… 그거?"

그는 선선이 고개를 끄떡였다.
"소운상이 보고 싶기도 하니까 한번 왕림하겠소."
대무영이 소운상을 보고 싶다고 하는 말에 소연풍은 가슴이 뛰었다. 그가 누이동생을 마음에 두고 있다는 뜻으로 받아들인 것이다.
'이거 어쩌면 굉장한 매제가 생길지도……'

밤이 이슥해졌다.
대무영과 소연풍이 탄 날렵한 배를 모는 뱃사공들은 낙수의 지형을 손금을 보듯이 꿰뚫고 있기 때문에 밤에도 쉬지 않고 배를 달렸다.
대무영은 앞쪽 갑판에 책상다리를 하고 앉아서 전방을 주시한 채 꼼짝도 하지 않았다.
소연풍은 내일 정오쯤 돼서야 낙랑채 수적선들을 따라잡을 수 있다는 뱃사람들의 말을 듣고 술 한 병과 건육을 얻어 대무영에게 다가갔다.
"대 형. 술 좋아하시오?"
소연풍이 술과 건육을 옆에 내려놓는 것을 보며 대무영이 굳은 표정을 지었다.
"어디에서 났소?"
소연풍은 그의 표정으로 미루어 자신이 실수했음을 깨닫

고 한출첨배(汗出沾背) 등에서 식은땀이 났다.

"대 형이 적적할까 봐 뱃사람들에게 얻어온 것이오."

탁!

"그럼 진작 얻어올 것이지!"

대무영은 소연풍의 어깨를 치며 희희낙락하며 술병을 집어 들었다.

소연풍은 대무영이 술병 주둥이를 입에 대고 벌컥벌컥 들이켜는 것을 보며 미소를 시였다.

'대 형은 정말 순박하군.'

두 사람은 뱃머리 바닥에 나란히 앉아서 술을 권커니 잣거니 하면서 이런저런 얘기를 나누었다.

대무영은 강호와 낙양 사정에 대해서 모르는 것투성이라서 주로 그가 묻고 소연풍이 자세히 설명해 주었다.

대무영은 어린 시절에 너무 가난해서 글을 배울 기회가 없었던 것뿐이지 바보가 아니다.

소림사와 무당파, 화산파의 무술을 한 가지씩 익히기 시작하여 팔 년여 만에 완벽을 뛰어넘어 자신만의 무술, 아니, 무학(武學)으로 발전시킨 것만 봐도 그가 얼마나 뛰어난 귀재인지 알 수 있다.

그의 무술은 백보신권과 유운검법, 매화검법으로 시작했

으나 완성했을 무렵에는 더 이상 백보신권과 유운검법, 매화검법이 아니었다.

등각일전(等覺一轉). 완전히 새로운 해석과 초식으로 새로운 계파를 창조한 것이다.

그는 화산에서 내려와 오룡방에서부터 지금까지 경험하면서 두루 배운 것들은 하나도 잊어버리지 않고 또렷이 기억하고 있다.

그리고 소연풍에게서 들은 강호와 낙양의 얘기를 하나도 흘려서 듣지 않고 가슴속에 새겨두었다.

얘기가 끝나갈 무렵에 동이 텄으며, 그 즈음 소연풍은 대무영이 탁월한 두뇌의 소유자라는 사실을 알게 되었다.

"저기 낙랑채의 배입니다!"

대무영과 소연풍은 뱃머리에 나란히 앉아서 말뚝잠을 자고 있다가 뱃사람의 외침에 퉁기듯 벌떡 일어섰다.

"어떻게 할까요?"

뱃사람 하나가 긴장된 표정으로 다가와서 물었다.

"저 배 뒤에 바짝 붙이시오."

"밧줄을 준비할까요?"

대무영이 타고 있는 배는 중급의 배고 낙랑채의 배는 대형이라서 높이가 이 장 반 이상 차이가 났다.

"됐소."

대무영이 손을 젓자 소연풍은 조금 난감했다. 그는 단번에 이 장 반 이상 뛰어오르지 못하기 때문이다. 아무리 용을 써서 도약해도 일 장 이상은 무리다.

하지만 대무영이 됐다고 하는데 자기만 밧줄을 고집하기도 그래서 가만히 있었다.

대무영의 목검은 우지화와 싸울 때 토막 나서 없어졌다. 하지만 소연풍은 그가 권법에도 능하다는 것을 알기에 걱정하지 않았다.

대무영의 배가 낙랑채 수적선 뒤쪽에 가까이 접근하고 있는데 갑자기 수적선 고물 쪽에 있던 수적 하나가 아래를 내려다보면서 뭐라고 호통을 치려고 했다.

소연풍은 적이 당황했다. 수적이 소리치면 수적들이 다 알게 되어 한바탕 드잡이를 벌여야 하기 때문이다.

비록 오합지졸 수적이라고 해도 족히 백 명 이상은 될 텐데 자신과 대무영 단둘이 상대하기에는 너무 벅찰 것이라는 염려가 들었다.

퍽!

"끅!"

그런데 갑자기 내려다보던 수적이 답답한 신음을 터뜨리더니 목을 부여잡고 아래로 추락했다.

대무영이 손을 뻗어 수적을 가볍게 받아 바닥에 내려놓고 나서 보니까 수적의 목 한가운데에 잘 다듬은 비수 모양의 나무 하나가 깊숙이 꽂혀 있었다.
　대무영은 묵묵히 나무를 뽑아 몸을 굽혀 강물에 씻었다.
　그것을 보던 소연풍은 그것이 나무로 만든 비수, 목비수라는 사실을 알게 되었다.
　소연풍은 수적이 내려다보는 것을 발견하고 깜짝 놀라기만 했지 대무영이 목비수를 날리는 것을 기척조차 느끼지 못했었다.
　더구나 쇠도 아닌 한낱 나무로 만든 목비수를 날려서 찰나지간에 수적의 목에 꽂다니, 소연풍은 도대체 대무영의 능력이 어디까지일지 상상조차 되지 않아서 벌린 입이 다물어지지 않았다.
　그때 대무영이 소연풍을 힐끗 보더니 그의 팔을 잡고 힘껏 바닥을 박차며 위로 솟구쳤다.
　휘익!
　"아……."
　소연풍이 예상하지 못했다가 깜짝 놀라고 있는 사이에 대무영은 순식간에 수적선의 꼭대기 부근에 이르러 손을 뻗어 난간을 붙잡고는 가볍게 몸을 끌어 올렸다.
　척!

두 사람은 수적선 고물 쪽에 내려섰다. 재빨리 주위를 둘러보니까 중간과 앞쪽에 드문드문 배를 모는 수적 몇 명만 보일 뿐이다.
"이 배에는 기녀들이 없소."
대무영은 나직이 중얼거리고는 쏜살같이 앞으로 쏘아가더니 배를 몰고 있는 다섯 명의 수적에게 유령처럼 접근하여 모조리 거꾸러뜨렸다.
그는 수석들이 낙수천화에 저지른 천인공노할 만행을 똑똑하게 목격했기 때문에 손속에 인정을 두지 않고 다섯 명 모두 급소를 쳐서 즉사시켰다.
소연풍은 의아한 생각이 들었다. 그는 귀를 기울여도 별다른 소리가 들리지 않는데 대무영은 도대체 어떻게 이 배에 기녀들이 없다는 것을 알았는지 궁금했다.
하지만 소연풍은 그의 말을 전적으로 믿었다. 믿지 않을 하등의 이유가 없었다.
두 사람은 뱃머리 쪽으로 달려갔다. 수적선은 모두 세 척인데 두 사람이 있는 마지막 배에서 두 번째 수적선까지의 거리가 십여 장이나 됐다.
소연풍은 자신들이 타고 온 배에 옮겨 타고 두 번째 수적선으로 갈 수밖에 없다고 생각했다.
그런데 그때 대무영이 소연풍의 팔을 잡고 천천히 뒷걸음질 쳐서 물러서자 소연풍은 어리둥절하다가 문득 설마 하는 표정을 지었다.

대무영이 달려가다가 앞쪽 수적선으로 몸을 날려 건너려는 것이 아닌가 짐작한 것이다.

탓!

아니나 다를까, 뒤로 오 장여 쯤 물러났던 대무영이 마치 활시위를 최대한 팽팽하게 당겼다가 화살을 쏘아낸 것처럼 무서운 속도로 튀어 나갔다.

소연풍은 순간적으로 자신도 전력을 다해 달려서 대무영에게 도움은 되지 못할망정 짐은 되지 말아야겠다는 생각을 했다.

'이런……'

그러나 두 발을 움직이려던 그는 발이 바닥에 닿지 않고 허공에서 허우적거리는 것을 느꼈다.

탁!

대무영의 발끝이 뱃머리 끄트머리를 힘차게 박차고 힘차게 허공으로 도약했다.

파아아…….

옷자락이 바람에 세차게 펄럭이고 차가운 강바람이 뺨을 때릴 때 소연풍은 복잡한 생각에 빠졌다.

그가 본 대무영은, 아니, 지금도 생생하게 체험하고 있는 대무영이라는 사내는 뭐라고 형언하기 어려울 정도로 굉장한 사람이다.

무술뿐만이 아니다. 성격이나 행동거지 어느 것 하나 흠 잡을 데 없이 반듯한 사내다. 그런 사람을 강호에서는 영웅이라고 말한다.

소연풍은 허공중에 떠 있는 그 짧은 순간에 자신이 얼마나 조그맣고 옹졸한 인간인지 절실하게 깨달았다.

부모의 후광 넉분에 운검문의 소문주가 되어, 알량한 일신의 무술에 만족하여 부단히 노력하는 것을 게을리하고 거들먹거렸던 자신을 이 순간 뼈저리게 반성했다.

소연풍을 만난 이후 대무영은 별다른 말을 하지 않았으나 깨달음은 반드시 말로만 얻어지는 것이 아니다.

탓!

소연풍이 스스로의 교만과 게으름을 자책하고 있을 때 대무영은 수적선 고물 바닥에 묵직하게 안착했다.

소연풍은 그때까지도 두 발이 떠 있었으나 대무영이 재빨리 주위를 살피면서 그를 바닥에 내려주었다.

"이 배 아래쪽에 기녀들이 있는 것 같소."

대무영이 중간쯤의 갑판을 가리키며 소곤거렸다.

"우선 놈들을 모두 처치한 후에 기녀들을 구합시다."

대무영의 제안에 소연풍은 무조건 고개를 끄떡였다.

수적들은 거의 대부분 술에 만취하여 선실에서 깊은 잠에 빠져 있었다.

깨어 있는 자들은 배를 모는 대여섯 명과 경계를 서는 서너 명, 도합 열 명 남짓이었다.

대무영과 소연풍은 수적들을 구태여 죽일 필요가 없었다. 대적을 해야 죽이든지 할 텐데 술에 취한 자들을 죽이는 것은 비겁한 짓이었다.

대무영은 혼자서 선두의 수적선과 맨 뒤의 수적선으로 왔다 갔다 두 번 하더니 수적 백이십여 명 전체를 깡그리 제압해 버렸다.

그가 다시 가운데 배로 왔을 때 소연풍은 제압한 수적들을 갑판으로 끌어내고 있었다.

"왜 기녀들을 구하지 않았소?"

대무영은 자신이 수적들을 제압하는 동안 소연풍이 기녀들을 구했을 것이라 생각했었다.

"불초는 바쁘니까 대 형이 내려가 보시오."

"거참… 성가시게."

대무영은 투덜거리며 갑판의 한쪽에 있는 큼직한 뚜껑을 열고 아래로 수직으로 뻗은 나무사다리를 밟고 내려갔다.

사실 소연풍은 수적들을 때려잡은 사람이 대무영인데 자

기가 영웅입네 하고 기녀들을 구하는 것은 사람의 도리가 아니라고 생각하여 대무영에게 양보한 것이다.

대무영이 갑판 아래 깊은 바닥에 내려서자 쇠로 만든 커다란 덮개가 있고 그 아래에서 작게 흐느끼는 여자들의 울음소리가 들렸다.

드긍…….

대무영이 쇠로 가로지른 빗장을 열자 여자들의 울음소리가 뚝 그쳤다.

그긍… 쿵!

쇠덮개를 활짝 열어젖히자 아래쪽의 광경이 일목요연하게 드러났다.

아래쪽은 커다란 상자 같은 모양인데 그곳에 삼십여 명의 여자가 옹기종기 웅크린 채 겁에 질린 모습으로 대무영을 올려다보았다.

낙수천화에서 납치된 기녀들이었다. 정확하게 서른한 명이며 모두 잠옷 차림이었다.

기녀들은 새벽까지 손님들 술시중을 들기 때문에 대부분 동이 트기 직전에야 잠자리에 든다.

기녀들은 뱃사람의 옷을 입고 우뚝 서 있는 대무영을 수적 중 한 명으로 여기는지 그와 시선이 마주치지 않으려고 외면하면서 앉은 채 궁둥이를 옴짝옴짝 움직여 구석으로 이동하려고 애썼다. 그에게 걸리면 꼼짝없이 경을 칠 것이라고 지레 짐작한 것이다.
"모두 나오시오."
대무영이 밝은 목소리로 말하는데도 기녀들은 꼼짝도 하지 않았다.
그는 의아한 표정을 지었다.
"다들 집으로 돌아가기 싫은 것이오?"
기녀들은 깜짝 놀라더니 반신반의하는 표정으로 그를 바라보았다.
대무영은 그제야 기녀들이 왜 그러는지 짐작하고 빙그레 미소를 지었다.
"수적 놈들은 다 때려잡았으니까 안심하고 나오시오. 이제 집으로 돌아가야지."
기녀들 얼굴에 설핏 기쁜 표정이 피어났다. 그러면서도 이 꿈 같은 일을 믿지 못하는 기색이 역력했다.
대무영은 어깨를 으쓱하더니 사다리를 붙잡고 올라가는 시늉을 해 보였다.
"가지 말아요! 천첩들을 구해주세요!"
"안 돼요!"
그 순간 기녀들이 와악! 하고 울음과 비명을 한꺼번에 터뜨렸다.

대무영이 서 있는 곳에서 기녀들이 갇혀 있는 곳에는 계단도 뭣도 없어서 그가 직접 그 밑으로 내려가 기녀들을 일일이 위로 떠받쳐서 올려줘야만 할 것 같았다.

"이거… 어떻게 하지?"

기녀들 한가운데 바닥에 내려선 그는 고개를 갸웃거렸다. 짐짝이 아닌 연약한 여자라서 위로 집어던질 수도 없는 상황이라 난감했다.

그가 고민하는 모습이 우스웠던지 기녀 한 명이 그의 앞으로 다가오더니 옷자락을 아래로 끌어당겼다.

"쪼그려 앉아봐요."

"이렇게 말이오?"

그가 쪼그려 앉았는데도 머리가 앞에 선 기녀의 가슴에 닿을 정도로 컸다.

"무릎을 꿇고 두 손으로 바닥을 짚어요."

산전수전 다 겪은 듯한 당찬 기녀는 대무영의 머리를 지그시 눌렀다. 대무영은 이상하게도 그녀의 말에 저항할 수가 없었다.

그가 시키는 대로 하자 기녀는 다른 기녀들에게 명령하듯이 말했다.

"자. 이제 두 명씩 이분 어깨에 궁둥이를 붙이고 앉아라."

"궁둥이를?"

대무영이 움찔 놀라자 기녀는 그가 움직이지 못하도록 머리를 꾹 눌렀다.
"가만히 있어요."
이윽고 두 명의 기녀가 대무영의 양쪽 어깨에 뭉기적거리면서 폭신폭신한 궁둥이를 얹고 양쪽에서 그의 머리를 꼭 붙잡았다.
"이제 일어나요."
앞에 선 기녀의 명령에 따라서 대무영이 조심스럽게 일어서자 그의 양 어깨에 앉은 두 기녀의 가슴 부위가 꼭대기하고 수평이 되었다.
"어서 나가고, 다음 사람!"
기발한 방법으로 두 기녀가 제 스스로 갇혔던 곳에서 빠져나가고 대무영이 다시 주저앉아 무릎을 꿇고 상체를 숙이자 앞에 선 기녀의 명령에 따라 또 다른 기녀 두 명이 대무영의 어깨에 궁둥이를 붙였다.
"이름이 뭐요?"
대무영은 부지런히 일어섰다 앉았다를 반복하면서 자신의 앞에 두 손을 가느다란 허리에 얹고 일사불란하게 기녀들을 움직이게 하고 있는 기녀에게 물었다.
"월영(月影)이에요."
대무영은 이십대 후반으로 보이는 그 기녀의 기지 덕분에 난감한 상황이 해결되어 조금 관심이 생겼다.
 기녀들은 술장사를 하면서 웃음과 가무, 몸을 파는 직업이라서인지 이런 상황이 되자 언제 울었느냐는 듯 금세 밝은 표정이 되어 대무영의 어깨에 앉는 것이 재미있다며 까르륵까르륵 웃어댔다.
 이윽고 대무영이 기녀들을 다 올려주고 이제 세 명만이 남게 되었다.
 두 명은 그의 앞에 서 있는 월영과 한 명의 기녀고, 또 다른 한 명은 한쪽에 오도카니 서 있었다.
 대무영은 옆쪽에 서 있는 그 기녀를 보다가 돌연 멍한 표정을 짓고 말았다.
 그는 조금 전까지만 해도 천하에서 가장 아름다운 여자가 우지화인 줄만 알았다.
 그런데 이 기녀를 보는 순간 천하에서 가장 아름다운 여자는 두 명이라는 사실을 깨달았다.
 우지화가 눈이 부실 정도로 아름다우며 도도함과 오만함의 극치라면, 이 기녀는 순결함과 청초함의 극치, 아니, 결정체였다.
 한 방울 이슬 같으면서, 한 줄기 상쾌한 미풍 같고, 새벽의 안개처럼 너무도 고결해서 슬쩍 건드리는 것조차도 죄악일 듯한 느낌이 들게 하는 여자였다.

"에구… 사내들이란 그저 예쁜 여자만 보면 눈이 뒤집히지. 쯧쯧……."

대무영이 그 기녀를 보고 넋이 빠진 것을 보고 월영이 혀를 끌끌 찼다.

"앗! 나는… 그게 아니고……."

아름다운 여자보다는 차라리 특이한 조약돌을 더 좋아했던 대무영은 자신이 처음 본 여자에게 정신이 팔려 있었다는 사실을 깨닫고 허둥지둥 어쩔 줄 몰랐다.

"깔깔깔! 당황하는 것 좀 봐. 아이고, 귀여워라."

월영은 조그만 주먹으로 대무영의 가슴을 두드리며 깔깔거렸지만 대무영은 부끄러워서 얼굴이 새빨개졌다. 여자 앞에서 얼굴이 붉어지다니, 맹세코 그는 이런 경우가 난생처음이다.

"어머? 어머? 얼굴 빨개진 거 봐. 혹시 우리 영웅님 숫총각 아냐?"

대무영이 붉어진 얼굴로 눈을 껌뻑거리자 월영은 깜짝 놀라는 표정을 지었다.

"정말 숫총각인가 보네?"

"숫총각이 뭐요?"

월영이 바짝 다가서더니 느닷없이 대무영의 음경을 덥석 거머잡았다.

물컹!

요물(妖物) 281

"이거 여자에게 한 번도 안 써봤지?"

"으왓! 월영 누님! 이게 무슨 짓이오?"

대무영이 소스라치게 놀라 뿌리치자 월영은 두 팔로 그의 허리를 꼭 끌어안고 그의 음경에 자신의 하체를 밀착시키고 마구 부비면서 작게 몸부림쳤다.

"나더러 누님이래. 너무 좋아서 눈물이 나려고 그래."

그녀는 대무영을 앉게 하고 그의 한쪽 어깨에 다른 기녀와 함께 궁둥이를 붙였다.

"하지만 나처럼 닳고 닳은 년이 우리 잘나고 멋진 영웅 동생을 차지하는 것은 불공평하지."

대무영이 일어서자 월영은 그의 머리를 안고 귀에 입을 대고 속삭였다.

"동생. 쟤가 바로 낙수천화의 해란화야. 처음 보지?"

'해란화?'

대무영은 아침에 낙수천화에 갔다가 그 이름을 들은 적이 있었다.

해란화는 낙수천화 전체의 상징이며 자랑거리라고 했다. 천하절색의 미모를 지니고 태어났으나 어쩌다가 기녀가 되어 타고난 미모와 팔방미인의 재주로 낙수천화의 명물이 되었다는 것이다.

"쟤도 숫처녀야."

월영은 의미심장하게 말하고는 몸을 일으켜 밖으로 빠져 나갔다.
　이제 남은 사람은 대무영과 해란화 둘뿐이다. 월영이 한바탕 우스갯소리를 하고 나간 덕분에 두 사람은 너무 어색해서 쳐다보지도 못했다.
　월영이 그런 말만 하지 않았어도 덜 어색할 텐데 그녀가 괜한 소리를 해서 분위기를 이상하게 만들었다.
　잠시 머뭇거리던 대무영은 이윽고 해란화 앞에 잔뜩 몸을 굽히고 왼쪽 어깨를 갖다 댔다.
　"자. 여기 궁둥이를… 아니, 앉으시오."
　해란화는 지금까지 다른 기녀들이 하는 것을 봤기 때문에 한손으로 대무영의 머리를 잡고 조심스럽게 그의 어깨에 궁둥이를 걸쳤다.
　물컹…….
　다른 기녀들하고는 확연하게 다른 미지의 물컹거림과 폭신함이 어깨에 전해지자 대무영은 움찔했다.
　그는 해란화가 궁둥이를 어깨 안쪽으로 더 디밀기를 기다렸으나 그녀는 가만히 있었다.
　잠시 기다리던 그는 하는 수 없이 그대로 조심스럽게 일어섰다.
　하지만 한쪽 궁둥이만 살짝 어깨에 걸쳤던 터라서 그가 일어서자마자 그녀는 몸이 크게 기우뚱하여 반사적으로 두 손으로 허우적거리듯 그의 얼굴을 감싸 잡았다.
"으극!"
그런데 다급한 상황이라 해란화의 한쪽 손가락은 대무영의 입을 찢고 있었고 다른 손은 귀를 잡아당기는 꼴이 되고 말았다.
일어서던 대무영은 어깨에서 떨어지려고 하는 해란화를 급히 두 팔로 안았다.
대무영은 풀잎처럼 가벼운 그녀를 안은 채 우뚝 서서 불분명한 발음으로 중얼거렸다.
"이거 조 나주거소……."
해석하자면 찢고 있는 입과 잡아당기고 있는 귀를 놔달라는 뜻이다.
그게 무슨 말인지 모르는 해란화는 조심스럽게 그를 쳐다보다가 뚝 멈췄다. 그리고 일그러진 그의 얼굴을 발견하고는 표정이 묘하게 변했다.
"풋!"
그리고는 참으려던 웃음이 터지고 말았다. 문제는 두 사람의 얼굴이 닿을 듯이 매우 가까웠다는 사실이다. 그래서 그녀의 입에서 침이 튀어 나가 그의 얼굴을 뒤집어씌웠다.
일그러진 얼굴에 침이 흠뻑 묻은 대무영의 얼굴은 더욱 기묘해졌다.

"미안해요……."

평소 수줍기로 유명한 해란화는 당황해서 어쩔 줄 모르고 급히 그의 얼굴에서 두 손을 떼고 치마를 걷어 올려 얼굴의 침을 닦아주었다.

절세미녀의 침으로 세수를 한 대무영의 얼굴은 말끔해졌다. 그가 눈을 끔벅거리자 해란화는 조심스럽게 물었다.

"괜찮아요?"

대무영은 헤벌쭉 바보처럼 웃으면서 중얼거렸다.

"헤에… 한 번만 더 침 뱉어주면 괜찮을 것 같소."

"푸앗!"

그의 표정이 하도 우스워서 해란화는 또다시 웃음을 터뜨리고 말았다.

이번에는 처음보다 더 많은 침이 그의 얼굴을 뒤덮었다.

"에그머니……."

해란화는 화들짝 놀라서 또다시 치마로 그의 얼굴을 닦아주었다.

그때 이미 갑판에 올라선 월영이 아래를 굽어보며 쨍하게 소리쳤다.

"너희 거기에 신방 차렸니?"

第二十一章
신위 같은 명협

대무영은 집을 떠난 지 이틀 만에 하남포구에 돌아왔다.
 갈 때는 뱃사람들과 함께 다섯 명이 조그만 쾌속선을 타고 갔었지만, 올 때는 수적선 세 척에 생포한 수적 백이십여 명과 구출한 기녀 서른한 명을 태우고 휘파람을 불면서 돌아왔다.

 낙수 강물 위에 두둥실 흘러가는 꽃다운 내 청춘아.
 처량한 내 신세는 캄캄한 밤중에 사공 없는 쪽배로다.
 한겨울이 춥지 않고서는 어찌 봄이 따스하겠느냐마는
 우리네 봄은 과연 언제 오려는가.

하남포구로 육중하게 들어서는 수적선 앞쪽 갑판에 옹기종기 모여 앉은 서른한 명의 기녀가 입을 모아 구슬픈 노래를 불렀다.

오랜 옛날부터 낙수천화에 구전되어 내려온 기녀들의 노래는 하남포구 모든 사람의 심금을 울렸다.

배들이 포구에 정박하여 기녀들이 내리고 수적들을 끌어내리는 혼란한 와중에 대무영은 소리 없이 사라져 버렸다.

기녀들이 울부짖으면서 찾아 헤맸으나 그의 모습은 어디에서도 보이지 않았다.

그날 낙랑채 백이십여 수적을 제압하고 서른한 명의 기녀를 구출해 온 일대영웅은 운검문 소문주 청풍공자(淸風公子) 소연풍의 공으로 돌아갔다.

그러나 서른한 명의 기녀는 알고 있다, 진정한 영웅은 따로 있다는 사실을.

* * *

늦은 아침 집으로 들어서는 대무영은 집안의 공기가 평소하고는 사뭇 다르다는 사실을 직감했다.

아니나 다를까, 골목 쪽으로 난 대문을 통해서 집으로 들어서던 그는 마당 한쪽에 북설이 혼자 우두커니 서 있는 것을 발견했다.

그런데 처음에 그는 그녀가 북설이 아닌 줄 알았다. 그녀의 모습은 흡사 말꼬리에 묶여서 사흘 동안 거친 들판으로 끌고 돌아다닌 것 같은 처참한 몰골이었다.

발로 심하게 밟은 찐빵처럼 부풀은 얼굴에 파묻혀 있는 두 눈이 들어서는 대무영을 발견하고는 금세 닭똥 같은 눈물이 후드득 흘러내렸다.

"조장… 흐흑……!"

"너… 북설이냐?"

"그래… 으앙!"

북설은 마치 똥 싼 것처럼 어기적거리면서 대무영에게 다가오더니 그의 앞에 털썩 주저앉아 그의 아랫도리를 붙잡고 울음을 터뜨렸다.

대무영은 도대체 그 무엇이 성난 야생마 같은 북설을 이 꼬락서니로 만든 것인지 궁금했다.

그녀의 울음소리에 주루 쪽 문이 열리며 용구가 조심스럽게 나오더니 대무영을 발견하고 반가운 얼굴로 구르듯이 달려왔다.

"대 형!"

용구는 북설보다는 나은 편이지만 그래도 복날에 실컷 두들겨 맞은 개꼴이다. 부어터진 얼굴에 걷는 데 다리까지 절룩거렸다.

"용 형. 무슨 일이오?"

대무영은 자신의 하체를 부둥켜안은 채 몸부림치면서 구슬피 흐느끼고 있는 북설의 머리를 쓰다듬으며 의아한 얼굴로 물었다.

"집에 대 형의 손님들이 와 있소."

용구는 조심스럽게 집 이 층을 힐끗거리며 목소리를 한껏 낮춰서 속삭였다.

"손님?"

대무영은 언뜻 우지화와 그녀의 호위고수인 두 명의 경장 소녀가 떠올랐다.

그는 이틀이나 지났으므로 당연히 그녀들이 떠났을 것이라고 예상했었다.

그때 주루 쪽 문으로 아란과 청향 자매들이 우르르 몰려나와 대무영을 향해 달려왔다.

"무영아!"

"오라버니!"

그녀들은 대무영을 에워싼 채 반가워서 어쩔 줄 몰랐다. 그녀들은 맞은 것 같지는 않은데 표정이 매우 어두웠다.

그때 이 층의 창이 활짝 열리더니 우지화의 모습이 나타났다.

그녀는 대무영을 발견하고는 깜짝 놀라고는 잠시 후에 마당으로 달려나왔다.

"왜 이렇게 늦었어요?"

우지화는 집에서 나와 미끄러지듯이 대무영 앞에 이르러 반갑고도 원망스러운 듯 그를 바라보았다.

그러다가 대무영 앞에서 그의 하체를 부둥켜안은 채 겁에 질린 표정으로 올려다보고 있는 북설과 눈이 마주쳤다.

"으어어……."

북설은 사색이 되어 벙어리 냉가슴 앓는 소리를 내며 벌벌 떨었다.

획!

"으아—"

순간 우지화를 뒤따라온 호위고수 두 소녀 중 한 명이 북설의 머리채를 움켜잡고 한쪽으로 가볍게 집어던지자 그녀는 애처로운 비명을 지르며 마당 구석으로 날아갔다.

슈욱!

북설이 담에 처박히기 직전에 대무영이 바람처럼 달려가서 그녀를 가볍게 안았다.

"조장……."

대무영의 품에 안긴 북설은 극도로 겁먹은 표정에 눈을 동그랗게 뜨고 그를 바라보며 바들바들 떨었다.

대무영은 비로소 깨달았다. 자신의 집안에 감돌고 있는 이상한 분위기와 묵사발이 된 북설과 용구, 그리고 가족들의 얼굴에 어째서 불안함이 가득한지를. 우지화가 그렇게 만든 장본인이었다.

대무영은 북설을 안고 천천히 우지화에게 걸어갔다.

용구와 아란 등 가족들은 슬금슬금 우지화를 피해서 대무영 뒤쪽으로 모여들었다.

대무영이 자기 앞에 멈추자 우지화는 복잡한 표정을 지으며 고개를 갸웃거렸다.

"왜 그렇게 무서운 얼굴을 하고 그래요?"

"네가 그랬느냐?"

화가 많이 난 대무영의 목소리는 차분히 가라앉았다.

"무엇을… 말인가요?"

"네가 이들을 때리고 윽박질렀느냐?"

우지화는 대무영의 말을 알아듣고는 겨우 그까짓 걸 갖고 그러느냐는 듯 섬섬옥수로 머리카락을 쓸어 올렸다.

"첫째, 이자들은 예의가 없어요. 둘째, 불결하고 더러워요. 셋째, 무식해요. 내 마음에 들지 않는 게 아직도 많은데 더 말해야 하나요?"

"이들은 내 가족이다."

"……."

대무영이 미간을 좁히고 흰 이를 드러내며 중얼거리자 우아한 동작을 하던 우지화가 뚝 멈췄다.

"여긴 예의 없고 불결하고 더러운, 무식한 사람들이 사는 곳이다. 이곳에서 내 친구 주도현은 칠 일 동안 함께 뒹굴면서 생활하며 즐거워했었다."

"설마……."

우지화는 믿을 수 없다는 표정을 얼굴에 가득 떠올렸다.

"주도현이 떠나는 날 우리 모두 포구에 그를 배웅하러 나갔었고, 모두 작별을 아쉬워하며 눈물을 흘렸었다."

우지화의 긴 속눈썹이 가늘게 떨렸다.

"주도현이 내게 말했었다. 자신의 생애에서 가장 행복한 나날을 이곳에서 보냈었다고."

"나는……."

우지화가 뭐라고 말하려는데 대무영이 대문을 손으로 가리켰다.

"너는 절대로 주도현과 가까운 사람일 리가 없다. 가라."

우지화는 바르르 몸을 떨었다. 대무영의 축객에 충격을 받았지만, 그보다 주도현이 이런 냄새나는 집에서 무식하고 예의 없는 사람들과 한데 섞여 자기 생애의 가장 행복한 나날을 보냈었다는 말을 도저히 납득할 수가 없었다.

말을 끝낸 대무영은 북설을 안은 채 몸을 돌리며 냉랭하게 내뱉었다.

"가지 않으면 너는 내 손에 죽는다."

그가 집으로 향하자 용구와 아란, 청향 등이 우르르 그를 따랐다.

든든한 가장이 돌아왔다. 그가 풍비박산된 집을 단숨에 바로 세웠다.

가족들은 더없이 가슴이 따뜻해져서 그를 따르며 눈물을 흘렸다. 가족이란 이런 것이다.

"나는… 아무것도 모른단 말이에요."

대무영이 막 집으로 들어가려고 할 때 우지화가 더듬거리며 말했다.

"나는 오라버니처럼 자상하지도 이해심이 많지도 않단 말이에요. 이게 난데 어떻게 해요……."

대무영은 놀란 얼굴로 뒤돌아서 우지화를 쳐다보았다.

"주 형이 너의 오빠냐?"

우지화는 두 주먹을 움켜쥐고 눈물을 글썽이며 원망하듯 대무영을 바라보았다.

"그래요. 같은 부모님에게서 태어난 소녀의 친오빠예요."

"이런……."

우지화가 정말로 주도현의 친누이동생이라면, 그녀가 무슨 잘못을 했더라도 대무영으로선 포근하게 감싸줘야만 한다. 그것이 친구의 도리다.

아란과 청향 등은 다시 일을 하러 주루로 돌아갔다.
그리고 대무영의 방에는 그와 우지화, 호위고수인 두 소녀, 그리고 북설과 용구가 남았다.
창가의 탁자에 대무영과 우지화가 마주 앉았고, 북설과 용구는 대무영 뒤에 서 있으며, 호위고수 두 소녀는 우지화 뒤에 나란히 서 있었다.
우지화는 집을 떠난 지 이 년이 훌쩍 넘은 오빠 주도현을 찾으려고 자신이 직접 천하를 돌아다니고 있다는 설명을 방금 끝냈다.
"여기 앉아라."
대무영은 자기 양쪽 옆자리를 용구와 북설에게 권했으나 두 사람은 우지화의 눈치를 보며 머뭇거렸다.
우지화는 도도하게 고개를 까딱거렸다.
"앉아도 좋다."
그제야 두 사람은 쭈뼛거리며 대무영 좌우에 조심스럽게 앉았다.
"그런데 너와 주 형이 어째서 성이 다르지?"
대무영은 궁금하던 것을 물었다.
우지화는 새초롬한 표정을 지었다.
"본명을 사용하면 천하를 주유하는 데 불편할 것 같아서

바꿨어요. 원래 이름은 주지화예요."

"그랬었군."

대무영은 고개를 끄떡이고 나서 우지화, 아니, 주지화 뒤에 서 있는 두 소녀를 쳐다보았다.

주지화는 그의 의도를 짐작하고 차갑게 명령했다.

"뭐하는 게냐? 무영 오라버니께 인사드리지 않고!"

두 소녀가 급히 대무영 옆쪽으로 와서 나란히 바닥에 무릎을 꿇고 큰절을 올렸다.

"홍화쌍접(紅花雙蝶)이 상공을 뵈어요."

"홍화쌍접?"

주지화는 두 소녀를 하나씩 가리켰다.

"얘가 홍접(紅蝶)이고 쟤가 화접(花蝶)이에요. 소녀의 호위 고수예요."

그런데 대무영은 홍화쌍접이 마치 지체 높은 고관대작을 대하듯이 그에게 부복하고 있는 것이 영 불편했다.

"그만 일어나라."

그의 말에도 홍화쌍접이 꼼짝도 하지 않자 주지화는 홍화쌍접에게 명령했다.

"앞으로 너희는 무영 오라버니의 명령을 받들어야 한다."

"명을 받듭니다."

홍화쌍접은 앵무새처럼 대답하고는 조심스럽게 일어섰다.

그런데 일어나서 나란히 서 있는 그녀들을 보니까 꼭 닮은 쌍둥이라는 사실을 처음 알게 되었다. 너무 닮아서 누가 누군지 전혀 구분이 되지 않았다.

대무영이 홍화쌍접을 번갈아 쳐다보자 주지화는 해맑게 웃으며 일러주었다.

"가슴이 큰 애가 홍접이고 둔부가 큰 애가 화접이에요."

그녀의 설명에 대무영의 시선이 자연스럽게 홍화쌍접의 가슴과 궁둥이로 향하자 그녀들은 몸을 옴찔거리면서 몹시 부끄러워했다.

주지화가 청천벽력 같은 선언을 했다.

"소녀는 지금부터 이곳에서 살 거예요."

깜짝 놀란 대무영이 별별 방법을 다 동원해서 설득을 하고 협박을 해도 그녀는 이번만큼은 꼼짝도 하지 않았다.

"소녀를 내쫓으려면 죽여야 할 거예요."

그 말에 대무영은 더 이상 어떻게 해볼 도리가 없었다.

그러나 그녀가 왜 그러는지 궁금했다.

"정말 몰라요?"

주지화는 이해할 수 없다는 표정을 지었다.

"모른다."

"도현 오라버니께서 아무 말도 하지 않았나요?"

"전혀. 누이동생이 있다는 말도 하지 않았다."

주지화는 팔짱을 끼고 얄밉다는 듯한 표정으로 입술을 잘근잘근 깨물며 한동안 아무 말도 하지 않았다.

북설과 용구는 이틀 전에 느닷없이 집에 들이닥쳐서 대무영의 방을 차지한 주지화에게 대들다가 홍화쌍접에게 반죽음을 당할 정도로 얻어터졌었다.

이후에도 이틀 동안 별별 이유 같지 않은 이유 때문에 줄기차게 얻어터졌다.

그러면서도 집을 뛰어나가지 않고 끝까지 집을 지켰던 것은 자신들이 이 집의 가족의 일원이라고 대무영이 가슴속에 깊이 새겨주었기 때문이었다.

지금 두 사람은 주지화가 대무영 앞에서 꼼짝을 못하는 것을 보고 서러움이 많이 가신 상태다.

또한 주지화가 주도현의 누이동생이라는 사실을 알고는 그녀에 대한 증오심도 많이 누그러졌다.

하지만 한 가지 두 사람이 도저히 이해하지 못하는 것이 하나 있었다.

두 사람이 보기에 주지화는 사람이라고 여겨지지 않을 정도로 아름다웠다.

그냥 아름다운 것이 아니라 같은 여자이면서도 목석이나 다름이 없는 북설조차도 주지화를 보고 있자면 눈이 멀어버릴 것처럼 눈부시게 아름다웠다.

그런데 이토록 절세적인 미모를 지니고 있는 소녀가 도대체 누구냐는 것이 궁금했다.

대무영이 와서야 비로소 그녀가 주도현의 누이동생이라는 사실은 알게 됐다.

하지만 그것만으로는 부족했다. 저렇게 아름다운 여자라면 마땅히 천하에 자자하게 소문이 났을 텐데 어째서 자신들은 모르고 있느냐는 것이다.

"조장."

주지화가 긴 생각에 잠겨 있는 것을 보면서 북설이 조심스럽게 대무영을 불렀다.

그녀는 주지화를 턱으로 슬쩍 가리키며 속삭이듯 물었다.

"대체 저 여자 누구야?"

"주 형 누이동생이라잖아."

"정체가 뭐냐고."

그때 주지화가 북설을 쳐다보며 차갑게 중얼거렸다.

"너는 알 자격이 없다."

"뭐야?"

북설은 발끈했다. 대무영이 없을 때는 찍소리도 못하고 실컷 두들겨 맞았지만 지금은 사정이 다르다. 든든한 지원군이 있지 않은가.

"조장. 나 쟤 좀 혼내줘도 될까?"

북설이 발딱 일어나서 주지화를 손가락질하며 기세등등하게 외쳤다.

"조장이 쟤들에게 끼어들지 말라고 명령만 내려줘. 그럼 내가 쟤 좀 혼내주겠어."

북설은 한옆에 서 있는 홍화쌍접을 가리켰다. 그녀와 용구는 이틀 동안 홍화쌍접에게 두들겨 맞았기 때문에 그녀들만 개입하지 않으면 주지화를 박살 낼 수 있을 것이라고 믿었다.

주지화는 짐짓 무서운 표정을 지으며 북설을 바라보았다.

"무서워요. 언니. 그러지 마세요."

그녀가 몸을 떨며 애처로운 표정을 짓자 천지가 다 눈물을 흘리는 것 같았다.

북설은 마음이 약해지려는 것을 아랫배에 불끈 힘을 주었다.

"안 돼. 너는 좀 혼나야 된다."

주지화는 한숨을 호로록 내쉬며 대무영을 바라보았다.

"무영 오라버니도 보셨죠? 상황이 이러니까 소녀가 나설 수밖에 없어요. 무영 오라버니는 개입하지 마세요."

"알았다."

대무영은 고개를 끄떡이고는 북설을 쳐다보았다.

"너는 혹시 옥봉검신이라는 별호를 들어본 적 있느냐?"

북설은 발끈했다.

"조장은 내가 천하제일미 옥봉검신도 모르는 병신인 줄 아는 거야?"
"그럼 그녀가 쟁천십이류의 세 번째인 신위라는 것도 알겠구나?"
"당연하지."
"그렇다면 너는 맞아도 싸다."
"무슨 헛소리야?"

북설은 빽 소리치고 나서 뭔가 뒤끝이 이상하다는 생각이 들었다.

대무영이 어째서 뜬금없이 천하제일미 옥봉검신 운운하는 것인지 알다가도 모를 일이다.

그러다가 문득 싸늘하면서도 재미있다는 표정을 짓고 있는 주지화의 얼굴을 발견했다.

그리고는 머릿속에서 뭔가 떠오르기도 전에 본능이 먼저 겁을 집어먹고 심장이 덜커덩 멈췄다.

"설마……."

북설은 대무영과 북설을 번갈아 쳐다보면서 얼굴이 빠르게 노란색으로 변했다.

대무영은 담담하게 고개를 끄떡였다.

"그 설마가 맞는 것 같다."

"으흐흐흐……."

서 있던 북설은 주지화를 쳐다보면서 온몸을 세차게 부르르 떨었다.

지금 자신이 쳐다보고 있는 눈부시게 아름다운 소녀가 필경 옥봉검신이 분명하다는 생각이 들었기 때문이다.

대무영은 이상한 소리를 듣고 북설의 아랫도리를 쳐다보다가 눈살을 찌푸렸다.

"북설 너 오줌 쌌냐?"

북설의 귀에는 그 소리가 들리지 않았다. 그녀는 달달 떨리는 두 다리로 탁자에서 멀찍이 물러나더니 주지화에게 부복하여 납작하게 엎드렸다.

"잘못했습니다. 목숨만 살려주십시오."

그녀 옆에는 아무 잘못도 하지 않은 용구마저도 덩달아 겁에 질려 나란히 부복해 있었다.

대무영은 일단 주지화에게 예전 주도현이 사용했던 방을 쓰라고 했다.

주지화는 홍화쌍접의 방도 요구해서 대무영은 그녀의 옆방을 주었다.

이 층에는 방이 세 개 있으며, 가운데가 대무영의 방이고 양쪽이 북설과 용구의 방이다.

예전에 용구는 주도현에게 전망이 좋은 이 층 자신의 방을 양보하고 아래층으로 내려갔었다.

그런데 이제는 용구에 이어서 북설까지 홍화쌍접에게 방을 뺏겼다.

그러나 북설과 용구는 찍소리도 하지 않았다. 불만 같은 것이 있을 리가 없다.

두 사람은 그저 옥봉검신 면전에서 목숨을 건진 것만으로도 감지덕지할 뿐이다.

주지화는 대무영에게 이것저것 많은 것을 요구했다. 예를 들면 자신의 취향에 맞도록 방을 고쳐 달라거나 자기 혼자만 사용하는 개인 목욕실을 만들어달라는 등 최고급 생활에 길들어 있는 자신에 맞춰서 환경을 바꿔달라는 요구가 대부분이었다.

그러나 대무영의 대답은 간단했다.

"싫으면 떠나라."

북설은 이틀 전에 무림청 낙양본청에 가서 알아온 내용을 이제야 대무영에게 말해주게 되었다.

그 자리에는 주지화도 있었다. 그녀는 한시도 대무영 곁에서 떠나려고 하지 않았다.

"조장이 죽인 군주는 단월도군(斷月刀君)이라는 인물이었어. 원래 별호는 단월도였는데 군주가 된 이후에 별호 뒤에 '군'을 붙였다더군."

지금 대무영 방에는 그와 주지화, 북설 세 사람뿐이다. 주지화는 대무영 왼쪽에 편안한 자세로 앉아서 차를 마시고 있었다.

그녀가 마시고 있는 차는 이 집에서 늘 마시는 싸구려 차인데 그녀는 그것에 대해서도 불만이 많았었다. 그러나 이제는 포기했는지 잠자코 마셨다.

"그런데 말이야. 이상한 일이 있어."

북설은 이해할 수 없다는 듯 고개를 모로 꼬았다.

"단월도군을 죽이고 새로운 군주가 된 사람이 무림청에 등록되어 있지 않다는 거야."

새로운 쟁천십이류가 탄생하면 두 가지 방법으로 무림청에 등록된다.

하나는 싸움에서 이긴 본인이 직접 찾아가서 쟁천증패를 보이면서 사실을 알려주는 것이고, 또 하나는 목격자들이 증언하는 것이다.

그렇다면 단월도군의 죽음에 대해서는 마학사가 아직 입을 열지 않았다는 뜻이다.

강호의 거의 모든 소문의 진원지이며 헛소문까지 만들어내는 그가 어째서 그런 중요한 사실을 밝히지 않았는지 모를 일이다.

"그래서 무림청에서는 조장이 새로운 군주가 됐다는 사실을 아직 모르고 있어."

"그런가?"

"조장은 어떻게 할 거야?"

"글쎄……."

그는 지금 상황이 자신에게 좋은 것인지 나쁜 것인지 알 수가 없었다.

"그런데 왜 무영 오라버니를 조장이라고 부르는 거지?"

잠자코 있던 주지화가 입을 열자마자 북설은 상체를 꼿꼿하게 세우고 그 경위에 대해서 공손히 설명해 주었다.

"헤에… 무영 오라버니가 시골 방파의 일개 조장이었어요?"

"그래. 단목조장이었지."

대무영은 태연하게 대꾸했다.

그녀는 신기하다는 듯 눈을 반짝거렸다.

"단목이면 무영 오라버니가 사용하던 그 박달나무 목검이로군요. 딱 어울리는 이름이네."

잠시 후에 북설이 조심스럽게 대무영에게 권유했다.

"조장. 무림청에 등록하지 마."

대무영이 쳐다보자 그녀는 초조한 눈빛으로 주지화를 한 번 보고 나서 용기를 냈다.

"그리고 쌍명협으로 활동하면서 계속 화무관에서 도전자들을 받자."

이를테면 예전처럼 돈벌이를 계속하자는 것이다.

그러나 대무영은 거기에 대해서는 다분히 회의적이다. 그는 이틀 전에 하남포구에 정박해 있던 주지화의 배에서 군림보의 소보주 함자방을 주먹으로 때려죽이고 공부증패를 얻은 일이 있었다.

단목검객 대무영이 함자방을 죽였다는 소문은 이미 낙양에 파다하게 퍼졌을 것이다.

북설은 이틀 동안 집에만 있어서 그렇지 밖에 나갔더라면 그 소문을 진작 들었을 것이다.

그뿐인가. 대무영이 옥봉검신 우지화하고 싸웠다는 소문은 또 어쩔 텐가.

그 소문은 지금쯤 낙양만이 아니라 천하로 빠르게 퍼져 나가고 있는 중일 터이다.

그런 상황에서 대무영이 어떻게 쌍명협으로 버젓이 활동할 수 있겠는가.

아마도 북설이 아무리 도전자를 모으려고 해도 단 한 명도 모으지 못할 것이 분명하다.

공부 함자방을 죽인 것은 고사하고, 옥봉검신하고 막상막하를 이루었던 신위급 쌍명협하고 대체 어느 정신 나간 자가 싸우려 하겠는가.

하지만 그런 사실들을 알 턱이 없는 북설은 그저 돈벌이에만 목숨을 걸고 있는 것이다.

대무영은 애원하는 표정으로 자신을 빤히 바라보는 북설을 쳐다보다가 고개를 가로저었다.
"그건 어렵겠다."
"왜?"
"그건……."
대무영은 어쩔 수 없이 북설에게 공부 함자방의 일이나 주지화하고 싸웠던 일을 설명해야겠다고 생각했다.
그때 차를 한 모금 마시고 난 주지화가 찻잔을 입술에서 떼며 창을 응시했다.
"무영 오라버니. 이 집에 쥐 키우고 있어요?"
"쥐?"
"꽤나 크고 늙은 쥐로군요."
"글쎄… 어느 집이든 쥐는 있으니까."
그는 누군가 숨어서 엿듣고 있다는 주지화의 말을 알아듣지 못했다.
"홍화. 늙은 쥐새끼를 잡아와라."
주지화는 조용하게 말하고 다시 찻잔을 입으로 가져갔다.
"조장. 왜 안 된다는 거야?"
북설은 쥐가 있든 말든 돈벌이에만 목을 매고 있었다.
"돈을 반타작하는 게 적어서 그래? 그럼 육사로 하자, 육사. 조장이 육 먹고 내가 사 먹을게. 그럼 됐지?"

안타까운 심정의 대무영은 홍화쌍접에게 맞서서 완전히 짓이겨진 북설의 뺨을 어루만졌다.

"설아. 사실은 말이다."

왈칵!

그가 사실을 말해주려고 하는데 갑자기 방문이 열리면서 홍화쌍접이 들어섰다.

쿠당!

"으윽……!"

그리고 홍화쌍접은 한 사람을 짐짝처럼 바닥에 패대기쳤다.

대무영은 바닥에 옆으로 구부린 자세로 쓰러져서 참담한 표정을 짓고 있는 지저분한 몰골의 노인을 보고는 어이없는 표정을 지었다.

"마학사!"

지저분한 노인 마학사는 홍화쌍접에게 맞서서 부러진 코와 찢어진 입에서 피를 흘리며 시퍼렇게 부은 눈으로 애처롭게 대무영을 바라보았다.

"대무영. 제발 살려주게……."

『독보행』 3권에 계속…

이제부터 전자책은
이젠북

www.ezenbook.co.kr

새로운 세계가 열린다!

목정균 『비뢰도』　좌백 『천마군림』　수담옥 『자객전서』
용대운 『천마부』　월인 『무정철협』　임준욱 『붉은 해일』
진산 『하분, 용의 나라』　설봉 『도검무안』
천중화 『그레이트 원』

이름만 들어도 황홀할 정도의 별들의 향연!

이들의 "유료연재"가 시작됩니다!

검색창에 **이젠북** 을 쳐보세요! ▼ 🔍　

원생 新무협 판타지 소설
PANTASTIC ORIENTAL HEROES

낭왕귀도

2012년 대미를 장식할 초대형 신인
원생의 진한 향기가 풍기는 무협 이야기!

「낭왕 귀도」

전화(戰禍)의 틈바구니 속에서 형제는 노인을 만났고,
동생은 무인이, 형은 낭인이 되었다.

"저 느림이… 빠름으로 이어질 때…
너희 형제의 한 목숨… 지킬 수… 있을……"

무림의 가장 밑에 선 자, 낭인.
그들은 무공을 익혔으되, 무인이 아니고,
강호에 살면서도, 강호인이라 불리지 못한다.

낭인으로 시작해 무림에 우뚝 선
한 남자의 이야기가 시작된다!

Book Publishing CHUNGEORAM
WWW.chungeoram.com

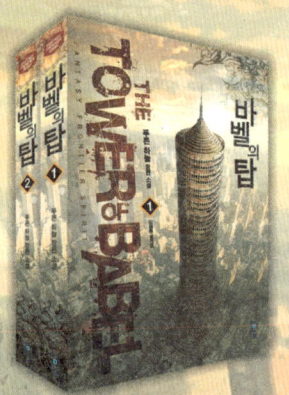

FUSION FANTASTIC STORY

STEEL ROAD 스틸로드

이영균 퓨전 판타지 소설

**2012년 겨울!! 대륙의 핍박받던 이들을 향한
구원과 희망의 울림이 메아리친다!**

「스틸로드」

사랑하는 아내와의 꿈과 같은 크루즈여행의 마지막 밤.
배는 난파를 당하고, 이계로 떨어진 준혁!

사략해적의 손길에서 살아남은 준혁은 아내를 찾기 위해
미지의 땅에서 영웅이 된다!

뜨거운 사막의 열기처럼! 악마의 달의 위엄처럼!
강철같은 심장을 가진 그의 행보가 시작된다!

신화를 쓰는 남자의 길을 주목하라!

Book Publishing CHUNGEORAM

유행이 아닌 자유추구 -
WWW.chungeoram.com